De Hugo à Char
La Modernité dans la Poésie Française

从雨果
到
夏尔

法语诗
里
的现代性

姜山 / 著译

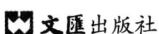
文匯出版社

目录

序 | 话说在前头 _ 001
引子 | 在蒙彼利埃醒来那个早晨 _ 009

人·上帝·存在

怀疑上帝 _ 015

捣毁上帝（1）_ 023

捣毁上帝（2）_ 029

受难作为一种慰藉 _ 034

生活即修行 _ 039

洗衣船上的雅各布 _ 043

在信仰失速的时代里　焦虑 _ 044

在信仰失速的时代里　梦魇 _ 046

在信仰失速的时代里　皈依 _ 049

在作为新宗教的现代化里失贞、成长、流放、追寻 _ 052

离开上帝 _ 063

人的境遇 _ 067

变形记 _ 069

解放记 _ 071

重生记 _ 073

演化记 _ 076

为自己接生 _ 082

解构救赎的允诺 _ 084

把存在的意义攥在手中 _ 088

生活先于经验与意义 _ 090

回到生命的源头 _ 092

爱 _ 094

在太阳崇拜的阴影里 _ 096

大地上那些精微的秘密 _ 098

动物凶猛

我体内的猛兽 _ 103

假"驱魔"之名 _ 111

嚎叫是一种治愈的方式 _ 114

与恶共处 _ 116

世纪病

世纪病 _ 123

旅行—征服

- 远方是稍纵即逝的幻象 _ 131
- 征服越容易越难守持内心的渴望 _ 143
- 远岸是旅程中每一个寒冷而苦涩的时刻 _ 147
- 人一旦出发即没有归路 _ 149
- 带上我　视死如归的旅程 _ 153

城市彩画

- 逃离故乡小镇 _ 157
- 来到现代之都 _ 162
- 游荡在春夜的小康阶层街区 _ 165
- 穿过作为炼狱与熔炉的工厂带 _ 170
- 在下等街区的幽暗里 _ 175
- 在现代都市的圣殿——火车站 _ 178
- 穿越世纪之交的光明和幽暗 _ 186
- 抒情抽象主义城市 _ 189
- 立体主义城市 _ 193
- 超现实主义城市 _ 196
- 城市长成而不再无邪 _ 199

避世者

- 活在命运另一个版本中的人 _ 203

乡村消逝

- 与工业化主旋律对位的乡村挽歌 _ 209
- 乡魂在大地上继续生长的低音 _ 214

大自然回声

- 对自然的破坏力越来越失控 _ 221
- 自然是盛满生命记忆和智慧的容器 _ 227

季节与死亡

- 加入季节转换的和鸣 _ 231
- 死亡与艺术 _ 237
- 伤亡是自然流转的一部分 _ 240

印象或悬置的时间

- 属于多重时刻与多重印象的世界 _ 245
- 逃离记忆的陷阱 _ 248
- 逃离憧憬的陷阱 _ 251
- 从立体呈现到抽象真实 _ 253
- 从拆解并置到光影流动 _ 256
- 潜意识暗海上生起的乡愁 _ 258
- 寻找潜意识暗海上的"尾波" _ 260
- 记忆像一个在垂死中颤抖的空洞 _ 262

浮出潜意识暗海的记忆符号 _ 264

梦展开包裹在人生"中点"里的浮世绘 _ 266

存在是一座"待沽的房屋" _ 269

绝对静止是幻觉或死亡 _ 271

照进现实之梦

预警战争之梦 _ 275

预警沦陷与灭亡之梦 _ 277

以梦为舟　探索未知 _ 280

以梦为马　自由与迷失 _ 282

梦是一次催生奇遇的行走 _ 284

直接触摸事物的心脏 _ 286

爱　你体内的指针 _ 289

吞噬现实之梦 _ 291

照亮现实之梦 _ 294

在现实身上留痕之梦 _ 297

连接你与现实之梦 _ 299

诗是梦的结晶 _ 301

国家

个人之国与人人之国 _ 309

海滨墓园

  瓦雷里与我 _ 313
  风起兮　总要尝试生活 _ 316
  瓦雷里瞬间 _ 324
  赛特墓园 _ 327
  顾城的《墓床》_ 329
  从绒布寺看珠峰 _ 330
  宫崎骏之《起风了》_ 331

跋｜现代性 _ 334
诗歌索引 _ 337

序
话说在前头

缘起

与我们这个时代相对，疑问多于答案。我曾一度以为，时代的问题与自己的问题，大致出在"现代性"先天不足，毕竟我们这个族群，被强拉入现代历史，民族自救与社会实验令现代化进程大幅度夹生，待半推半就向现代性敞开怀抱，却迎来后现代世界的众声喧哗。

我曾猜测，通过阅读，或能赶上风俗与精神现代化的补习班。历史大致向前，时有对照、平行、转折之处。我曾妄想，趟一趟他人之路，也许能看清自己的前途，至少可带来些许希望或安慰：看，这些令人艳羡的家伙，也曾如此挣扎！

于是，我将目光投向十九世纪后半叶到二十世纪前半叶的法兰西，他们的昨天与我们的今天不无相似之处：市场经济起飞阶段终结，发展增速放缓，社会分化，阶层、种族冲突浮现，专制向民主过渡，全球化，大国崛起与角力，乡村消逝，城镇从中世纪向现代改造，环境破坏，进取、失落、异化、信仰危机，新旧思潮与艺术实验泛滥，人在释放与解放同时，越陷越深于失控之"恶"……

"发现"带来兴奋之余，我自明，这个课题庞大芜杂到自己无以把握，它有太多太远的源头、暗流和面向。幸运的是，法语与法语诗歌对我从来都充满诱惑。那么，何不借阅读十九世纪与二十世纪法语诗歌，收集其中折射的"现代性之光"，照耀甚至温暖我们？

过程

问题是，我不识法语。《给歌》中法语诗歌，皆从英文转译而来。我站在起点发愿，这一回至少要能读出原诗的声韵，识出英译或汉译中的破绽或妥协。更重要的是，选一条难走的路，自有本身的意义。

这条路，对应着我从2012年末到2014年末的两年生命。从法语联盟到天主教学院、再到索邦，九个月从零开始的语言准备。生活变动不居,起起落落,我随波逐流,亦追亦逃,从上海到巴黎到香港到北京。

一三年寒冷的夏天,在巴黎幽暗的小公寓里,我从浪漫主义到存在主义诗人中,挑出二十余位,连同他们那些我自认为让我窥探到其时代的作品。阅读、翻译、评注。一晃,来到了一四年秋天。

坦白

我承认,我给自己选了一个宏大的课题,却走了一条讨巧的捷径。以我的法语功力,文学、历史、艺术学养,不足以应付既定的选题,乃至对上述自创的方法论,在实操中又偷工减料。我有一个大大的免责声明要做,向未始苛刻的师长、读者提前求饶。

我交代:本项目所选定诗人与诗歌,皆来自 William Rees 的《企鹅法语诗歌经典(1820—1950)》,这本近九百页的大书是我过去两年的圣经。在翻译波德莱尔、兰波、瓦雷里与阿波利奈尔时,我获益于多个前辈们的英、汉译本。作为生活在这个时代的一员,我几近无意识地依赖谷歌(截至 2014 年 6 月)、百度、维基百科与在本国开放的其他网站。

相识二十年有余的朋友王洁女士，一位旅法译者、诗人、画家，不仅照顾了我在巴黎的生活，还通读了本书的诗歌翻译部分，指出其中明显误译之处。

我坦白，在翻译中将诗歌从韵文转化为散文，盖因我力所不逮。过去两年里的某些时刻，我也曾向旁人和自己狡辩：如此处理，是为拆除诗歌在阅读上的难度，让潜在的读者更关注内容而非形式；况且，格律音韵本身并非诗意的充分甚或必要条件。

最后得说，我在两年中自有点滴收获、心得。不过，在此行终点，问题还在、甚至更多。今天，我是一个更加坚定的不可知论者。

地图

书以一段小小说开篇，记录一个人在中世纪的蒙彼利埃某日清晨的经历，是对前现代的一次想象。

在书的主体部分，我按心目中十二个"现代性"面向，把从雨果（1802—1885）到夏尔（1907—1988）的七十余首诗，归入相应的章节，再以时间顺序将译诗与评注对照。若干诗作因包含显著的多重意义，我安排它们出现在多个章节，并以不同的角度为之写了评注。评注包罗了文本解读，诗人生平和时代背景引发的联想，及对相关思潮与美学的感悟：

+ **上帝·人·存在** 从怀疑上帝（雨果）到捣毁上帝（兰波）；从受难作为一种慰藉（雅默），到生活即修行（克洛岱尔）；从信仰失速时代里的焦虑、皈依、梦魇（雅各布），到在作为新宗教的现代化里失贞、成长、流放、追寻（阿波利奈尔）；从与上帝分离（苏佩维埃拉）之后人的境遇（苏波），到人的变形、解放、重生、演化（米肖）；从呼唤为自身存在的意义亲手接生（弗雷诺），到歌唱人栖居的大地上那些精微的秘密（夏尔）。

+ **动物凶猛** 接受原罪——接受人的动物性（洛特雷阿蒙）——与恶共处（米肖、村上春树），是前现代、现代与当代的三重智慧。

+ **世纪病** 在世纪儿（缪塞）的眼里，一个停滞时代的腐朽，与它的空洞和虚饰等量齐观。

+ **旅行—征服** 现代化缩小了世界的场景，"为旅行而旅行"成为可能，而远方带来的满足是稍纵即逝的幻象（波德莱尔、马拉美）；征服越容易，越难守持内心的渴望（拉弗格）；远岸，在旅程上每一个寒冷而苦涩的时刻之中（克洛岱尔）；穿过空间与时间，一旦出发即没有归路（苏波）；生则探索远方、不同时空、生命的内在与外在，不然不如死去（米肖）。

+ **城市彩画** 逃离繁荣俗气的故乡小镇，来到烟霾笼罩下的现代之都（兰波）；游荡在春夜的小康阶层街区（拉弗格），穿过作为炼狱与熔炉的工厂带（魏尔哈伦）；踯躅在新时代圣殿——火车站——内外，穿越世纪之交巴黎并置的光明和幽暗（法尔格、阿波利奈尔）；在新世纪的加速度里，依次浮现：抒情抽象主义的城市（桑德拉尔）、立体主义的城市（勒韦迪）、超现实主义的城市（布勒东）；这是一个以"旧"释"新"的时代，这是一座长成同时已不再无邪的城市（苏波）。

+ **避世者** 乞丐、无家可归者、避世者，活在命运另外一个版本中的人（努沃）。

+ **乡村消逝** 乡村挽歌，是工业化主旋律的对位（魏尔哈伦），也是乡魂在大地上继续生长的低音（雅默）。

+ **大自然回声** 人第一次感到自己的力量，是在对自然的破坏力之中，破坏力越来越失控，灭顶之灾无可转逆（福尔）；自然是盛满生命记忆和生存智慧的容器，自然被毁灭，记忆和智慧随之消逝（苏佩维埃拉）。

+ **季节与死亡** 告别忧郁，加入季节转换的和鸣（拉弗格）；与艺术一样，死亡通过打破世界重建意义（查拉）；伤亡是自然流转的一部分，天地有情、生死未名（弗雷诺）。

+ **印象或悬置的时间** 唯一性与确定性被取消，世界属于多个时刻与多重印象（魏尔伦）；逃离记忆与憧憬的陷阱（法尔格）；从拆解与并置的立体呈现，走向充满激情的抽象真实（桑德拉尔），或光电声影梦一样的流动（勒韦迪）；在潜意识的暗海里，寻找乡愁、自然的回声、记忆的符号（苏佩维埃拉）；梦展开包裹在人生"中点"里的浮世绘（德斯诺）；存在是一座"待沽的房屋"，等着你——它下一个主人——搬入（弗雷诺）；绝对的静止是一种幻觉或死亡本身（夏尔）。

+ **照进现实之梦** 预警之梦（雅各布）；以梦为舟、以梦为马，探索未知的内在与外在世界（苏佩维埃拉）；梦是一次催生奇遇的行走、是照亮其所环绕的世界的太阳、是你手里的线索，你被梦解放,直接触摸事物的心脏(布勒东);靠爱——你身体内部的指针——为迷失而缺憾的人生导航(艾吕雅);梦吞噬现实,也照亮现实,并在现实身上留下痕迹(德斯诺);诗是词语在梦境中的历险,经过梦的炼金炉,词语是梦的结晶(夏尔)。

+ **国家** 个人之国与人人之国(苏佩维埃拉)。

在这一场自我的——我期待也将是你我共同的——精神游历之末,我来到瓦雷里的海滨墓园。瓦雷里对我有着特殊的意义,不仅因为从时间序列上,他站在我所关注这段历史的中点,也不仅因为诗人和《海滨墓园》本身所达到的高度,还因为瓦雷里以一种不同于他人的方式对我言说——不仅仅以诗歌——更以生命的暗示。

引子
在蒙彼利埃醒来那个早晨

早上醒来不知过了多久——家里唯一的挂钟,在底楼客厅朝门的那面墙上——我试图分辨自己躺在耶路撒冷还是巴黎。这些在醒着的时间里我像白日梦一样反复描绘的城镇景象,我熟悉每一个想象的细节却从未涉足其中。朝向圣地或帝都之路,以尘世的肉体度量,总是过于遥远。钟声响起,像鸽群从城市上空低低地翻飞而过。

我终于释怀又略带苦涩地意识到:这里还是蒙彼利埃,我出生并将终老与死去的城市。我想象着,敲钟人此刻正危坐钟楼顶层,后背笨拙地耸动着,十指灵活有力地敲击着键盘,带动飘浮在蒙彼利埃以及周边村庄上空的群钟依次奏响。每个这样的时刻,敲钟人如取得了神的地位。只有一次,我爬上钟楼,一眼看到敲钟人颤抖的脊背与臂膀,分明是被上天操纵在

指尖的玩偶，

　　向着上天或虚无起舞……我从木板床上爬起，推开卧室的小窗，干冷的风一下子灌进来。天已大亮，阳光被窄巷对面的石屋全部遮盖。妻子已在楼下准备好面包与酸奶，如夏日早晨一样清新温暖。妻子如我一生的命运，波澜不惊而顺理成章。每当日子被思念般的深思穿透，总是流淌出阵阵遥远的忧伤。该是穿过半个城市，上画坊开工的时候了。

　　从家门前的窄巷左拐，就能望见圣灵教堂（Saint Esprit）与位于蒙彼利埃西北角的皮拉圣吉利（Pila Saint Gely）城门，越过城墙，城外绿野的尽头卧着狼峰（Pic de Loup）。像每天一样，我出门右转，投入城中小巷编织出的迷宫。画坊在城东南的巴伯特城楼（Tour de la Babote）下。路不远，步行三十分钟，可每次穿过城市，如需穿过上千年来迁居到此的居民堆积下的迷思的痕迹，总令我疲惫不堪。

　　向东直行到城墙边上的松树塔（Tour de Pins），左拐从医学院（La faculté de Médicine）门前经过，来到圣皮埃尔大教堂（Cathédrale Saint-Pierre）前的小小广场。两座高耸的圆形塔柱支撑的教堂门廊下，几个衣衫褴褛的朝圣者还睡在斜射进来的阳光下。我知道他们经过数月乃至数年的苦旅，昨晚日落前在城门关闭前赶到此处时，除了一双黑亮的眼睛，浑身上下又黑又脏又丑。在未来的某个年代，他们将被视为乞丐。

离开注满阳光的圣皮埃尔广场，拾圣皮埃尔街陡峭的台阶向上，再次投入城市幽暗的内脏般缠绕的街巷。仰头总能望见街巷上空的一线蓝天，阳光在每个时刻被分配给一堵墙或几个窗口。在这座城市尘世的秩序中，教堂、市政府广场、工坊、监狱之间，以获得阳光的多少分出清晰的等级。街巷里充满隔夜的尿骚气，家家门前堆满垃圾，一直要等到拾荒者下次到来。

穿过犹太人浴场（Mikvé）时，远远见到市政府广场上挤满乡下人一早牵来的马匹、奶牛、绵羊，广场上覆盖着干草。我无法记起今天是什么节日，就像在未来某个年代，我乘坐时间机器途径此地感受若隐若现的记忆。广场四周的商家肯定又要忙碌一日：犹太人珠宝商、用城外田野上的薰衣草与不知名野花酿造香水的作坊、用农民背进城的麦子烤制面包的面包店、用乡下人用牛车驮进城的牛奶或羊奶制作乳酪的匠人……

有时我觉得在这座城市里，生活的节奏被乡下人进城的频度所决定，而每分每秒的流逝就像乳酪在阳光下慢慢融化……这样想着，已走到为朝拜城市守护神圣罗仕（Saint Roch）修建的教堂。再向前，沿天使地图大街（Rue de Plan d'Ange），就能抵达我的画坊。

日暮时分，钟声将如鸦群升起，折射夕阳最后的余晖。我将沿同一条路线走回家，完成一日的循环。日落之后，城里城外沉浸在同一片黑暗里，只有摇动的烛火与人们的低语，提示着蒙彼利埃在原野上的位置。

2013.6.2—6.3 [1]

---

[1] 写于马赛旧港大酒店（Grand Hôtel de Marseille le Vieux Port）。大仲马曾在这家酒店眺望港口外的伊夫岛，构思基督山伯爵的命运。肖邦在乔治桑和私人医生的陪同下，在某个窗口沐浴人生最后的阳光。

上帝
·
人
·
存在

怀疑
上帝

在维勒格耶小镇[1]（A Villequier）

　　此刻，我双眼眺望，望不见巴黎：石铺马路、大理石雕塑、烟霞、屋顶；此刻，我在树枝下，念起天国之美；

　　此刻，我脸色苍白、以征服者的姿态，从悲伤中走出，那曾让我的灵魂蒙上阴影的悲伤，我感到大自然的平和，流入我的心中；

　　此刻，我坐在水边，心随壮美而平静的地平线摇动，凝视草间的碎花，审看体内深邃的真情；

---

[1] 维勒格耶（Villequier）：法国北部小镇，位于塞纳河入海处，雨果与复辟政府决裂后曾流亡在此。1843年2月15日，雨果女儿利奥波蒂娜（Leópoldine）在此出嫁。同年9月4日，新婚夫妇在河中溺水而亡。这里有雨果家族墓园。诗人在爱女天折后，又活了近四十年，死后葬在巴黎先贤祠。

此刻，噢，我的上帝！这幽暗的沉静，让我的双眼，从此看清那块岩石，我知道在它的阴影下，她沉睡不醒；

此刻，天国般的景象让我的心变得如此柔软：田野、树林、岩石、山谷、银色的河流，在我的渺小与您的神迹之间，在您的无垠之前，我重新拾回自己的理性；

我来到您面前，主，人人必须信服的天父；我平静地带来心的碎片，那颗曾盛满您的荣耀而被您打碎的心；

我来到您面前，主！我承认您的善良、仁慈、宽容与怀柔，噢，生机盎然的上帝！我承认只有您洞悉您的所作所为，而人，则像风中颤动的草叶。

我说，那在逝者身上闭合的坟墓，洞开通往天国之门；那尘世里我们眼中的终结，却只是开始；

我双膝下跪，承认只有您，尊贵的天父，掌握无限、真实、绝对；我的心曾淌血，我承认这体现了善意，我承认这体现了公正，因为这如您所愿！

我不再抵抗，以您的意愿，施加在我身上的一切。灵魂从悲伤到悲伤，人从此岸到彼岸，漂流直到永远。

我们注定只能得见事物的一面；其余的侧面，陷入夜一样骇人的秘密。人如牲畜安于轭下，却对为何遭驱使茫然无知。人所看到的一切,皆短暂、无益、难以把握。

您让人每走一步,都难逃孤独。您不愿人在尘世中,拥有一分确定、一丝欢乐!

一旦人拥有一件私产,命运立刻将它收回。在迅速流逝的一生里,不能给人留一样儿东西,令他借以栖居,说:看这儿,我的屋子、我的田地、我的爱!

只能让人匆匆看上一眼所见之物;人将变老,无依无靠。既然世界如此,那么本该如此;我承认,我承认!

世界晦暗一片,噢,上帝!这一分也不能变易的和谐,由眼泪、由歌唱构成;人只是这无限阴影中的一粒原子,在夜里,行善之人升天、作恶之辈跌陷。

我知道您日理万机,不能只是怜悯众生,一个孩子死去,母亲的绝望,对您来说不算什么,对您来说。

我知道果实被风摇动而跌落,鸟脱落羽毛,花失却香芬;我知道创世是推动巨轮,向前行进,必然碾碎某些性命;

月月、日日、海浪、泪眼,在蓝天下经过;青草命当离离,孩子命当早逝;我都知道,噢,我的上帝!

在您的天国,在云遮蔽的穹顶另一侧,在静静地安睡的蔚蓝的深邃中,也许在您无人了解的作品里,加入人的悲伤，如一味调料。

也许那些可爱的生灵离去，被黑暗结局的阴风裹挟，是为实现您不计其数的设计。

我们的宿命，如阴影在无边的法则下经过，什么也无法将它撼动，什么也无法令它心生怜悯。您不能让宽容突然降临，扰乱寰宇，噢，上帝，心无旁骛的神灵！

我恳求您，噢，上帝！看看我的灵魂，并请念及我对您的敬爱，如妇孺一般谦卑、温顺！

请念及从破晓，我就劳作、战斗、沉思、行进、抗争，向众生讲解他们所不了解的自然，借您的光芒烛照全部事物；

念及我曾面对仇恨与愤怒，完成在尘世的任务，念及我不可能等到这样的报酬，念及我不可能——

预见到您也要，在我低下的头上，加上您为胜利而挥舞的手臂的重量，还有，您眼见我只有这一点点快乐，却仍在倏忽间收去我的孩子！

念及这样被抽打的灵魂会倾向于怨艾，连我也能做出渎神的举动，向您投掷我的哭号，像一个孩子，向大海投掷石子。

请念及人开始怀疑，噢，我的上帝！当人陷入痛苦，念及泪流过多的眼睛终将失明，当一个生灵被他

的悲伤抛下最黑暗的危崖,他再不能看到您,不能将您记起;

并念及当人在不幸中迷失,他魂灵中装不下星座一样的静穆的公正。

今天,我像一个母亲般脆弱,在您开启的天穹下,我向您的脚下屈身。在我苦痛的悲伤中,我感到向寰宇投去的一道恬静的目光,将我启蒙。

主,我认识到人如胆敢抱怨,等于疯癫;我停止指责,我停止诅咒,但请——让我哭泣!

唉!让泪水淌过我的眼睑,既然您让人生来如此!允许我在这冷冷的岩石上弯下身,问我的孩子:你可感到,爸爸就在这里?

允我跟她说说话,俯身在她的遗物之上,每一夜,当万物沉默,就像在她那夜里,她重新睁开天堂般的双眼,这天使将我倾听!

唉!一双渴望的眼睛侧转,投向过去,尘世间找不到任何慰藉,我终日注视一生中那个时刻,我看到她展开翅膀、倏然飞走。

直到我生命终结,我都将看到那个时刻,那个时刻,没用的泪雨!我向着那个时刻追问:我刚刚拥有的孩子啊,怎就这样!我不再拥有!

请您不要愠怒,我是这样的人,噢,我的上帝!

血从这个伤口流淌,已经太久!我灵魂的困扰总是如此强烈,我的心顺服,却不肯无动于衷。

请您不要愠怒!忧伤重又紧缩住双眉,无法永生的人难免哭泣。对我们来说,从如此深重的悲恸中救出失陷的灵魂,并非易事。

您看,我们的孩子对我们多么必要,主;当我们在生命中,一个早晨,在无聊、是非、悲苦之间,罩在命运的阴影下,

一个孩子出现,摇着高贵、神圣的头,快乐的小生灵,如此美丽,当我们曾确信看到孩子到来,开启了天国的一扇大门;

当我们目睹,十六年中,在这新生的自我体内,悦人的优雅与恬静的理智不断生长,并感到这个我们爱宠的孩子,带进我们的灵魂与尘世屋中的阳光;

我们的梦所能捕捉到的一切之中,这是尘世中唯一持久的欢乐,请理解当它消逝,这是一件多么伤痛的事!

雨果(Victor Hugo)(1802—1885)

在雨果的时代，上帝仍无处不在，而人正渐渐醒来。

人仰视上帝，因为感到自己的渺小与局限：生命长度的局限、空间的局限、视野、想象力、德行的局限。与此对应，上帝则是"善良、仁慈、宽容、怀柔"，代表"无限、真实、绝对"。

而上帝又是残酷的、无情的，"创世是推动巨轮，向前行进，必然碾碎某些性命"，在上帝亲手烹制的这盘菜里，"加入人的悲伤，如一味调料"，忙碌的上帝对人的悲情与悲声充耳不闻。你注定孤独、老无所养，连孩子——这唯一的希望与快乐之源——上帝也说拿走就给拿走。

雨果经过丧女之痛，对上帝说："我灵魂的困扰总是如此强烈，我的心顺服，却不肯无动于衷。"无动于衷，意味着逆来顺受、听天由命、默默承受。雨果不怕让上帝看见自己悲伤的表情，听到自己的悲声与抱怨。雨果说："我停止指责，我停止诅咒，但请——让我哭泣！唉！让泪水淌过我的眼睑，既然您让人生来如此！"

借此，雨果界定了人与上帝之间一种新型的关系。雨果没有推翻上帝的野心，却敢于指责、敢于诅咒，像一个向大海投掷石子的孩子，挑战神灵。雨果在上帝的对面，为人——你和我——找到一个位置，从此不必为自己的悲伤、困惑、抱怨再感到不安。要像一面旗帜，自在地悬挂内心的表情。人因人的悲伤、困惑、怀疑、抱怨，所以为人。我悲伤，故我在。

就像心理学证明，做出一个勉强的微笑并坚持下去，可能带来情绪上根本的改变。推翻上帝，或者说人的确立，最初也许正来自对人类情感的认可，那些类似肉体本能反应的呐喊，而并非冷静而缜密的思辨。

维勒格耶小镇传出的悲吟，是这呐喊中响亮的一声。

捣毁
上帝 (1)

地狱之夜（Nuit de l'Enfer）

  我咽下一口上佳的毒药。——降临我身的劝诫，带来三倍于平常的祈福！——内脏在灼烧。强力药剂作用下，我四肢抽搐、扭曲变形、匍匐在地。渴死了、憋死了，我叫不出声。这是地狱，无休止的惩罚！看，火焰升起！我将被烧死，罪有应得。来吧，恶魔！

  我曾预感到向善与幸福的转变，向着永福。允我描述下那幅愿景，地狱里空气托不起任何颂歌！曾有数百万散发魅力的生灵，一支甜美的精神交响，伟力与和平，高贵的抱负，我如何了解？

  高贵的抱负！

  生命继续！——就算诅咒无期！自残的人才被诅咒，不是吗？我信有地狱，我才下得了地狱。这就是教理如何发挥其作用。我一旦受洗,我便受其奴役。父母啊,是你们造成我的不幸,一如你们夺走自己的幸福。可怜啊,质朴的人!——地狱拿不信礼教的人没有办法。——生命继续!往后,诅咒带来的快乐将更深邃。按人类律法,犯下一个罪孽,我就跌入乌有之乡。

闭嘴,给我闭嘴!……是羞臊、是责难,这儿:撒旦,他说地狱之火难熬,我发怒着实愚蠢。——够了!……那种种人们灌输给我的谬见、戏法、伪劣香料、儿歌般的小调。——还说我掌握了真理、我见识了正义:我的判断确定而神圣,我已就绪,进入臻美之境……得意洋洋。——我头皮发紧。神啊!主啊,我害怕,我口渴,口渴啊!啊!童年、草地、雨、石底之湖,子夜钟声敲响月光……在那个时辰,魔鬼在钟楼上。玛丽亚!神圣的处女!……——我的荒唐带来的恐惧。

在那里,难道不是诚实的灵魂,在为我祈福?……来吧……我用枕头掩住了嘴,他们听不到我,他们是鬼魅。后来,没人会想起他人。没人上前。我闻到了焦味儿,一定是。

幻象无穷。我一贯如此:史不足谏,道可忘焉。我将缄默:诗人及梦想家,将艳羡我。我富甲天下,超世人千倍。让我们像大海一样惜字如金。

这样啊！生命之钟刚刚休止。我已脱离尘世。——神学谨严，地狱确实就在下界——而青天在上。——狂喜、梦魇，眠于火网之间。

种种在乡下被关注的戏法……撒旦、斐迪南，与那些野种一道疯跑……耶稣在紫幽幽的荆棘上行走，一枝也没压弯……耶稣在怒波间信步。灯笼旁，我们见白皙的祂站立水上，褐色饰带，在翡翠般水浪一侧飘舞。

我要揭开所有神秘的面纱：宗教的、自然的、关于死、关于生、未来、过去、寰宇、虚无。我是幻术的主人。

听好！……

我天赋完备！——这空无一人，却有某人：我不愿散尽我的财富。——想听黑人唱歌、想看美人曼舞？想让我纵身没入对指环[1]的探寻？想吗？我将炼金，炼制愈病的良方。

请相信我，信任给人抚慰、指引与治愈。所有人，一起来，——包括孩子们，——我将指引你们，有人为你们倒出他一颗心，——神奇的心！——可怜的

---

[1] 尼伯龙根指环：以莱茵河底的黄金打造，一旦拥有，便有了征服世界的伟力。

人们，劳作的人们！我不会要求你们祈祷；你们的信任，已足让我欣慰。

——想着我。如此我便对世间了无留恋。我有福免受余生之苦。我的生命曾甜蜜而荒唐，实在令人遗憾。

啊！尽情做鬼脸吧。

彻底地，我们脱离了尘世。没一丝声音。我的娇气一扫而空。啊！我的城堡，我的萨克斯，我的柳树林。每晚、每天、每夜、每日……实在厌腻！

为冲冠一怒我当下地狱，为我的骄傲我当下地狱，——充满抚爱的地狱；地狱的合奏。

我死于厌倦。这就是墓穴，我向着蛆虫，最可怖的那种！撒旦，小丑，你想以你的魔法将我消解。我抗议！我抗议！戳上一叉、点一把火。

啊！重新攀上生活！看一看我们扭曲的躯体。与这毒药，千般邪恶之吻！我脆弱，世界严苛！我的上帝、上天，藏起我，我支撑不下去了！——我被藏起，我不再是我。

地狱之火，与被它诅咒的灵魂，一同升腾。

兰波（Arthur Rimbaud）（1854—1891）

对十九世纪的五零后兰波来说，将人送下地狱的，是一剂礼教的猛药。这款致幻剂，同时拥有把你送上天堂和打下地狱的魔力。而赋予它如此魔力的，是你自小被灌输的信仰。因为，"……自残的人才被诅咒……我信有地狱，我才下得了地狱……我一旦受洗，我便受其奴役。父母啊，是你们造成我的不幸，一如你们夺走自己的幸福。可怜啊，质朴的人！——地狱拿不信礼教的人没有办法。"

与地狱里的羞辱、责难、烈焰相对应，天堂中摆放着"甜美的精神交响，伟力与和平，高贵的抱负"。可在地狱之火的映照下，你却看到：那些不过只是"……种种人们灌输给我的谬见，戏法、伪劣香料、儿歌般的小调"，只能带来恐惧，却不能消解你精神的焦渴。

在人们的祈福声中，地狱散发出焦糊的味道。兰波，像二十世纪的五零后北岛，大声喊出：我不相信！历史、道法、诗歌、梦想，所有的鼓噪，并不比书写它们的那些字更贵重。大海之所以富有，是因为它往往保持缄默。

兰波穿过地狱之火的网眼，戳穿在乡间流行的戏法：撒旦、斐迪南、耶稣……撕碎"宗教的、自然的、关于死、关于生、未来、过去、寰宇、虚无"所有神秘的面纱。兰波说：我是所有幻术的主人。

那么，如何锻造带给人征服世界伟力的指环？诗人的天赋与炼金术，不是用来布施，也不需祈祷求得。需要的，只有信念、信任，"信任给人抚慰、指引与治愈"。彻底抛下那些"甜蜜而荒唐"的幻影、娇柔之态，克服倦怠，用愤怒、用骄傲，哪怕下地狱，也要在化身蛆虫的撒旦嘴上抗议。

生命继续，重新攀上生命的风口浪尖。如果说藏在上帝的阴影里，是脆弱的你面对严苛的世界时，一种生存的策略，那么这种五体投地的痴迷，在掩护你的同时，也抹去了你。既然总要"焚身以火"[1]，不如"焚心似火"。升起你的，将是亲手点燃的地狱烈焰。

---

[1] "焚身以火、焚心似火"：黄霑为电影《秦俑》主题曲所作歌词。

捣毁上帝(2)

永诀(Adieu)

　　秋天了！——既然我们启程去寻找神圣的光芒，又何必留恋夏天那似乎永燃不尽的日光，——远离那些随季节凋谢的人们。

　　秋天。我们一叶扁舟，在静谧的迷雾中浮起，转头向着悲惨世界的港口，那被火与泥玷污的天空下的巨大城池。啊！褴褛的衣衫，雨水浸泡的面包，烂醉，将我钉上十字架的千万颗爱心！吸血女皇永不餍足，吞下将被审判的百万魂灵与尸首！我再次看见泥土与瘟疫吞噬的皮肉，毛发与腋下爬满蛆虫，更肥的蛆虫占领了心脏，我横卧在分不清老幼、没一丝情感的无名氏之间……我本应命丧于此……多么可怕的回忆！我嫌恶的惨景。

我为冬天到来而担忧,那是需要安适与抚慰的季节!

——我时常看到天上无尽的海滩,涌满欢乐的白色种族。我头上一艘金色大船,在阵阵晨风里摇动多彩的旗帜。我炮制了所有节庆、所有战功、所有戏梦。我尝试过发明奇花、新星,崭新的肉身与语言。我曾自信获得了超自然的伟力。好吧!我得埋葬我的想象和所有记忆!艺术家与说书人的荣耀!

我!我曾自命圣王或天使,豁免任何道义要求,我返回大地,为尽求索的义务,并拥抱不平的现实!丘八!

我瞎眼了吗?对我来说,慈悲与死亡难道是前后脚到来的姊妹?

最后,我为将谎言当作食粮请求原谅。走吧。

却不见一只友爱之手!从哪儿能获得佑护?

☆

是的,新的时刻,至少十分严苛。

因为我能说,我已获胜:霍霍的磨牙声、丝丝的火舌声、恶臭的叹息声,越来越轻。污秽的记忆消融,遗恨无影无踪,——把嫉妒心甩给乞丐、匪帮、死亡之友及落伍的各路货色。——这些被诅咒的灵魂,只要我出手报复!

必须绝对摩登。

没有圣歌:守住已迈出的一步。夜难行!风干的血污在我脸上化成烟尘,我身后除了这丛杂树,了无依存!……精神的奋斗与人类的征战一样惨烈;而正义的幻象,供上帝独享。

此刻已是前夜。让我们吸收每一道能量与真正的温情。明天破晓,我们将狂热而耐心,走进光辉之城。

为何还提起友爱之手!除了,为我能笑谈那些骗人的旧爱,持羞耻之鞭抽打撒谎的男女,——我已见识过下界女人的地狱;——我能自主将真理藏于一个灵魂、一具肉体之中。

兰波(Arthur Rimbaud)(1854—1891)

+

经过一场追寻神圣光芒的精神远征,兰波决心与上帝挥手永诀。

他曾在秋天将至时出发,深信上天将带来救赎的允诺,并为此抛下了对夏日的留恋,以及季节更迭带来的感怀伤时。

秋日降临，载着诗人的小舟远行，驶入被季节轻易打败的悲惨世界：火与污泥、褴褛的破衣、雨水浸泡的面包、烂醉的路人，季节转换中的世道，像一个不知餍足的吸血女王，吞噬着万物，把人间变做地狱。

　　他为救赎而来，本可为此献出生命，成为被送上十字架的烈士。可秋天的惨景，让他为冬日到来而担忧，人们在那个更为严酷的季节，需要更多"安适与抚慰"。

　　于是，关于天堂的幻象被炮制出来——在南方温暖的漫长海滨上，有无尽的欢宴与节庆，金色大船带来奇花、新星、奇人轶事。可这超自然的伟力，只是黄粱梦境、说书人的口若悬河。

　　圣王、天使、耶稣……以救赎的名义降临人间。兰波说：嘿，别再自欺欺人！慈悲与死亡是手挽手的双生姊妹，你们这些靠谎言喂大的神灵！哪有什么前来救援的仁爱之手？！

　　那么，怎么办？

　　兰波说："必须绝对摩登"[1]。

　　抓住新的时刻，向前、向前、向前！抛下羞耻、

---

[1] "必须绝对摩登"：为现代性摇旗呐喊中最响亮的一声冲锋号。摩登，现代，当下，此时此地。现代性是一个信念，对今世、此刻、存在、行动的充分信赖和倚重，是向前与进步的哲学。

余恨、妒忌、叹息，抛下回忆带来的折磨。破釜沉舟，断绝退路，步步为营。精神的战斗，惨烈堪比人间所有的战场。忘了赞美诗，忘了正义的愿景，那些只是供奉给上帝一人消遣的祭物。

为迎接明天，向光明之城进发，越过需在地狱中度过的前夜，与谎言、负罪感、羞耻感、上帝之手告别，将真理放回到自己的肉体与灵魂之中。

受难
作为一种慰藉

苦痛五奥义（Les cinq Mystères douloureux）

垂危

通过在妈妈身旁死去的小男孩，
当伙伴们还在花园里嬉戏；
通过那只翅膀忽然流血的鸟，
坠落中浑然不知所以；
通过饥饿、焦渴、灼人的颠狂：
　　万福，玛利亚。

笞刑

通过醉鬼回家抽打的孩子们，

通过肚子被踹了几脚的毛驴,
通过无辜遭受处罚的羞耻,
通过被剥光衣衫拍卖的处女,
通过受辱母亲的儿子:

  万福,玛利亚。

荆冠

通过以飞舞的胡蜂为冠的乞丐
——这些集结在黄色果园的朋党——
他们只能以打狗棒当作权杖;
通过紧锁从未摘下的欲望的棘刺
前额淌血的诗人:

  万福,玛利亚。

背负

通过在重压下趔趄并呼喊
"我主!"的老妇;
通过伸出双臂
却不能依靠人间之爱的人们,

不幸如背十字架的古利奈人西门[1]；
通过倒在身后车下的马：
　　万福，玛利亚。

受难

通过钉死世界的四道地平线，
通过皮肉撕扯或腐蚀的人们，
通过没脚没手的人们，
通过在手术间呻吟的人们，
通过置身于杀手中间那位义士：
　　万福，玛利亚。

雅默（Francis Jammes）（1868—1938）

+

　　一生归隐于比利牛斯乡间的雅默，在 1905 年找到了他的上帝，从带天主教传统信仰的田园诗人，皈

---

[1] 古利奈人西门（Simon de Cyrene）：根据《圣经》记载，在耶稣前往受刑途中，西门被罗马人强迫替耶稣背十字架。

依为一个虔诚的教徒。他的朋友克洛岱尔——那位十九年前在巴黎圣母院里，借助兰波诗歌的魔力，重返天主教怀抱的诗人——在这年七月，从中国归来，亲身见证了这一时刻。九年前，雅默还与纪德同游阿尔及利亚。在代表自由、解放、深度介入社会变革的纪德与引领回归信仰潮流的克洛岱尔之间，雅默似乎选择了后者。

这是潜动在二十世纪初"美好时代"主流思潮之下的逆流。进步的大合唱中传出抒情的牧歌，在越来越物质化、世俗化的势头里，有人转身、逆水而上，回归精神和信仰：从雅默、福尔、安娜·诺阿伊伯爵夫人、克劳岱尔、夏尔·佩吉，到瓦雷里、雅各布……还有普鲁斯特，他曾迷恋安娜·诺阿伊伯爵夫人与尊崇雅默，并加入其行列，借出神入化的妙笔悬置流动的时间，在其中重建精致优雅的已逝往昔。

如果说乡愁里，有对进步及其摧枯拉朽影响的焦虑，对线性发展的质疑，对逝去生活里宁静、和谐和优雅的留恋，那么在重返宗教家园的冲动中，则是期冀在信仰危机的废墟上，抓住一个直抵心底的光明叙事，抚慰深陷人世苦难变局的灵肉。

对雅默来说，现实过于晦暗不明，而进步代价沉重，充满肉体的羞辱、精神的折磨、不堪的负重、垂死的挣扎,是一场漫漫无期的"受难"。也许,只有将其当作"受难",这一切才因救赎的"允诺"而堪忍受。

那么,让苦痛来的更强烈些吧,让我更确定地把握住其中传递的奥义。

生活
即修行

叙事歌（Ballade）

  提尔[1]的贩子与如今乘巨大机械化幻像往来海上的商贾，此刻已望不见的手臂所舞动的手帕与海鸥翅膀并排陪伴的人们，不甘于家乡的葡园与田野的人们，对亚美力加自有想法的先生，不断出发而尚未抵达的人们，给这所有距离的饕餮，此刻就端上一道苦海，你猜他们可会餍足？他们一旦张口开始，便难放下手中杯：到底尚需时日，不妨一试：

  只有第一口难以下咽。

---

[1] 提尔：古腓尼基国著名城市，在现贝鲁特南80公里处。

被鱼雷击沉的船上那些姓名变做统计数据的船员，霎那间径直沉到海底的装甲舰队，拖船上罹患肺结核的水手，潜艇里身体失调的室友，被巨轮倾覆抛向空中的一切，被环形远岸般大任围住的人们，海向他们涌来，没必要再寻航路，只需大张开嘴，由他去吧：

只是第一口难以下咽。

他们说了什么，在最后一夜，越洋巨轮上的乘客？就在收到无线电"我们即将沉没！"那一日的前夜，当三等舱里移民们正小声演奏音乐，海水不停升高，升到每个船舱的门口。"一旦抛下什么，何必再挂记在心？""明知已是末路，谁会期待重生？""重获所爱虽好，不如忘了干净：

只有第一口难以下咽。"

跋

四下里只有海水，升起又落下！够了，这心上的不断的芒刺！够了，这点点滴滴的日子！只有这不尽的海水，只要这一击！海，我们被抛入其中！

只是第一口难以下咽。

克洛岱尔（Paul Claudel）（1868—1955）

+

克洛岱尔年少时，与同时代所有青年人一样，笃信科学至上、物质至上，直到十八岁那年（1886年）遇到兰波的《彩画集》，在一种神秘、近乎野蛮的诗歌之力帮助下，从时代所设定的进步定式中逃离……圣诞夜，克洛岱尔逃进巴黎圣母院，在不知名的童声晚祷曲声中，"一下子，心被触动，我信仰（成长）了"。

从此，克洛岱尔一生守护炽烈的信仰，笃信上帝的爱与恩典无所不在，世界并非由机械的法则驱动，不取决于一只冷漠的骰子的随机支配。精神与物质合二为一：现实既非超越的阻碍，也不是超越的阶梯。每一天、每一步、一呼一吸之间，都是修行。生活即修行。

在诗人的叙事歌里，你看到自己的身影，在工业化时代登上机械化的想象之船，向着远方起锚。远方有更辽阔、青翠的田野、更丰美的葡萄园、更自由的空气、更宏大的理想。远方在别处。你为之不惜抛下这里的一切,包括家园、旧爱、亲情,不惜面对一片苦海。

可是,你为抵达远方必须跨过的距离之海,张着贪得无厌的大口。等着你的是:不适、疾病、可能的灭顶之灾。为抵达目标而牺牲的性命,将湮没在统计数字之中,被人遗忘。天降于你的"大任",如一道远岸,可望而不可及。现实,是包围你的无边的海水,不断汹涌而至。

没有远方,没有牵挂、重生或报偿,"四下里只是海水"——岁月与生活的苦海。你"被抛入其中",在它轻轻一击之下,你和你的大船随时一起粉碎、沉没。

你沉入无边的黑暗的大海,失去力量与意识,不再能呼吸……此刻,你听到一个声音,穿过时间,带来安慰:"只有第一口难以下咽"。

苦涩、冰冷似针,吞下则可能代价沉重,可你不能再等,别无选择,张开嘴……第一口、第二口,你在窒息间呼吸,开始与苦海、"点点滴滴的日子"连成一片,与距离和等待融为一体……你沉入海底。

远方,就在脚底,苦涩、冰冷、柔软而真实。

洗衣船上
的雅各布

  巴黎，蒙马特高地，Ravignan 街 13 号，十九世纪末艺术青年聚居的、由乐器作坊改造而成的小楼，那个被雅各布喻为塞纳河上"洗衣船"（le bateau lavoir）的地方。1909 年 9 月 22 日，诗人在这里的卧室墙上，看到了光芒环绕的耶稣。这位成长于坎贝尔古玩店的曾经的犹太少年，三十三岁的先锋艺术家，在那一刻皈依天主教。另一种说法是，雅各布皈依的灵感，生发于附近一家电影院——制造幻影的现代圣殿。六年后，诗人受洗，"洗衣船"的室友、好友毕加索扮演神甫。

  最先锋，最传统。雅各布加入克洛岱尔等人，踏入现代主义高歌猛进中回归宗教或玄学的逆流。在重返的精神家园里，一股深深的焦虑环绕着雅各布，并笼罩在未来每一帧梦魇般的预演之上。

在信仰失速的时代里
焦虑

在静静的林中（Dans le forêt silencieuse）

在静静的林中,夜还没来,悲伤的风暴还没伤到树叶。在静静的林中,仙女[1]已逃走、再不回来。

在静静的林中,小溪不再泛出浪花,流淌却几乎不见水与漩涡。

在静静的林中,有一棵黑色的树,像黑色本身一样。树后有一棵头状的灌木,正在燃烧,在血和金子的火焰里燃烧。

在静静的林中,仙女将不再回来,三匹黑马,是

---

[1] 原文为 Dryades,希腊神话中的树妖,这些迷人的树妖(森林女神)是半神人赛纳留斯的女儿,体态似半人马,在森林中居住,与其他生物和睦相处,厌恶不必要的暴力。

东方三王[1]的坐骑。马上不见三王,哪里也找不到他们。黑马说话,跟人一样。

雅各布(Max Jacob)(1876—1944)

+

我们屏声静气,站在一片古老神话或现代预言的树林里,等待新世纪展开。预感中的灾难,即将到来,摧毁树叶般脆弱的希望和生命。树妖厌恶暴力,已经逃走。溪流干涸。天火刚刚洗劫了树林,树被雷电烧成炭黑,一棵灌木,像一颗正被劫难烧灼的头。与《八月,一九三九》中浩劫后那"一截黑色的断木",遥相呼应。呵护生灵的树妖,不再回来。林中游荡着三匹黑马,马上不见东方三王的身影,前来为耶稣庆生。黑马开口,讲述人的故事:这是一个没有圣诞的时代,没人为我们承担罪孽,人人都将付出代价。

---

[1] 东方三王:又称东方三博士、三贤士、三智者、麦琪,术士。《圣经》记载,耶稣降生时,几个博士在东方看见伯利恒方向的天空上有一颗大星,于是跟随它来到了耶稣基督的出生地,并带来各种礼物。他们不是犹太人,精通天文学和占星术,可能是古波斯的高级神职人员。

在信仰失速的时代里
梦魇

魔鬼骗回猎物的把戏（Ruses du Démon pour ravoir sa proie）

阴沉沉的码头，似三角形的炮塔矗立，冬天多刺的悬铃木，像无比俊美的骨架，伏在天空的缺口上。客栈里，一个美女与我们同住，却似平板一块，总把头发藏在假发套或黑纱巾下。有一天当我站在花岗岩顶，她从海上升起，光天化日下对着我现形：个头真高——就像四周的岩石——她正穿上衣衫，我看出原来这是个男人，并道出实情。当晚，在一个类似伦敦码头的地方，我遭了惩戒：躲过迎面刺来的一刀！拇指划破！我举匕首反击，照着锁骨的高度，朝他前胸刺去。双性人没死。救命！救命！人们赶到……男人们，我怎知道？我的妈！我又看到客栈的卧房，门上没锁：感谢上帝，至少有钩子能用，不过双性人多狡诈啊：顶楼打开，白色百叶窗晃动，他已从那儿溜了下去。

雅各布（Max Jacob）（1876—1944）

+

如在一场象征主义戏剧不断幻化的剧本里，信仰的魔鬼不断变形，与你或搏杀或对峙，这是没有终局的博弈。

［在肃杀的布景中、在幻觉中］巴黎冬日的天空，塞纳河畔码头边上城堡似的危楼、掉光叶子的法国梧桐。

［魔鬼，你的对手，以圣母、维纳斯、男人／怪物的身份依次幻化出场，分别对应中世纪（宗教情感虔诚、炽烈却血肉苍白）、文艺复兴与启蒙（人本主义与理性主义诞生）、现代性的恶之花（理性专制……欲望战胜谦卑和悲悯）］客栈墙上挂着一副刻板的女人画像，她的头发藏起，不能看见她的脸，或感受到任何体温与气味。一天，女人向我显形，像维纳斯一样从海上诞生。她高高大大，变做庞然大物……啊，原来是个男人！

［追寻真理，与泄露天机一样危险］你道出实情，并在当晚就付出了代价，在伦敦码头——笼罩在大雾中的现代性标志场景——之上，遭到这个双性怪物的袭击，与他／她对峙。

　　［只能奋起斗争，终有获胜的可能，不过魔鬼不死，总要回来］你喊来众人，将他／她打跑。重回客栈，哪里还有圣像？双性怪物早已逃遁。

在信仰失速的时代里
皈依

上帝显身（Présence de Dieu）

寻遍爱的天空的一夜，慈母般甜蜜的一夜，星辰像焰火照亮回家的路，像彩虹一样缤纷，那夜星星说："我回来了。"

怜悯为我永无宁日而淌血，因为不幸刺伤了我的手和脚，噢，顺服，是你唱起颂歌。

在星辰裸禄中飞行的一夜，看到一颗星星靠近我，它递给我一泡癫狂的鸦片，用深不可测的眼神将我诱惑。

你的抚摸，松开我缩紧的四肢。

爱不等待，它不等待。

它是星星，我是一棵植物：我们在一处。

我在你手上展开，像一幅全景的长卷。

而当我接近星星的顶点,我看到了那是仁慈的上帝、世界的设计师、主、人杰。我融化了,被它吸净:这是一个无法言表的秘密,我的血流回上帝本身,像流回唯一的心。

雅各布(Max Jacob)(1876—1944)

+

永无宁日的心、刺伤的手和脚、走遍寰宇、找寻……爱、慈母、回家之路、彩虹、星星、悲悯……顺服、禁不住诱惑、不惜吞下精神的鸦片……在爱之中,与世界的设计者合一……星光下,像大地上的植物,顺服而静美……像一张等待被涂鸦的白纸……像一滴血,流向上帝,这颗"唯一的心"。

皈依与顺服,没能搭救雅各布,他的所有焦虑都被证实,噩梦一一成真,魔鬼回来——要了诗人的命。这位在世纪之交开启现代艺术之门、皈依天主教的犹太天才艺术家,最终难逃归隐、流亡、藏匿、遭凌辱和清洗的厄运。

如在蒙马特的晴日里,雨说来就来,任性地隔开有伞人与没伞人的境遇,人们走上不同的命运。二十世纪的上帝,不是每个人的上帝,祂冷漠而偏颇,靠掷骰子挑选宠儿和敌人,并把他们分别送上天堂或地狱。

在作为新宗教的现代化里
失贞、成长、流放、追寻

城中村（Zone）

在终点,你厌倦了这古典的世界。

羊倌似的埃菲尔铁塔,晨曦里羊群咩咩叫,塞纳河上的桥。

你腻了希腊式与罗马式的经典生活。

这儿,连汽车都古色古香,只有宗教保持新鲜,宗教保持质朴,如飞机场的机库。

基督教啊,寻遍欧洲只有你尚未老去。欧洲最摩登的,非教皇庇护十世[1]莫属。可你觉得,自己被

---

[1] 庇护十世（1835—1914）：原名朱塞佩·梅尔基奥雷·萨尔托（Giuseppe Melchiorre Sarto）。1903年8月9日,萨尔托于罗马圣彼得大教堂加冕为天主教第258任教宗,取名号"庇护十世",以表示对于先教宗庇护九世所代表的传统主义和其对世俗化坚强不屈的性格的推崇。其后推动了《天主教法典》的编纂。

这些窗户监视,羞愧让你迈不进教堂,今早到那里忏悔。你阅读着大声歌唱的产品说明、邮购介绍和墙上的广告,这就是今早的韵文;要读散文,有报纸伺候,登满侦探传奇,花两毛五能读一期连载,还有伟人画像,与无数花边新闻的标题。

今早,我见到一条好看的街道,名字已记不起来,那阳光下看起来簇新而干净的街道,像铮亮的军号。礼拜一到礼拜六,每天四回,工头、工人和漂亮的速记小姐们,打这儿经过。每个上午三次,能听见汽笛哀怨地响起,吵闹的钟到午时开始鼓噪。招牌与墙上的字迹、铭牌和通知,似鹦鹉呱呱叽叽。这条工业区里的小街,在奥盟-蒂耶维拉街和戴尔那大道[1]之间,有一种优雅让我倾心。

看看,那儿是年少时代的街道,你还是一个小孩儿,妈妈只给你穿蓝色或白色的衣服。你从小虔诚,跟认识时间最长的发小儿勒内·达利兹天天一起,教堂的盛典比啥都更让你们着迷。九点钟,汽油灯变成幽暗的蓝色,你们偷偷溜出宿舍,在学校礼拜堂里祷告一宿。在一片永恒的、令人膜拜的紫晶色玄妙里,耶稣烈焰般的光芒旋转,一刻不停:

---

[1] Aumont-Thieville 街与 Ternes 人道,在巴黎十七区。

他是我们众人培植的百合；

他是迎风不灭、红发飘扬的火炬；

他是悲伤的母亲怀中血红肤白的儿子；

他是一棵被森森的祈祷覆盖的树；

他是荣誉和永恒的双头绞架；

他是那颗六角的星；

他是礼拜一死去礼拜日复活的上帝；

他，翱翔天空的耶稣，比飞行员飞得更好。

他保持着飞行高度的世界纪录。

耶稣啊我双眼的瞳仁，世纪的第二十颗瞳仁，他清楚自己在做什么，这个世纪化作飞鸟，像耶稣升空。深渊里的魔鬼抬头仰望，说他模仿朱迪亚的魔术师西门[1]，他们大叫他会飞，就是人们说的飞贼。天使们在漂亮的空中技巧表演者四周翻腾，伊卡洛斯、伊诺克、伊利亚、泰安那的阿波罗尼厄斯[2]，围着第一架飞机旋转。他们有时躲开，为给圣餐礼上的祭物让路，那些神甫手捧圣体饼，永不停歇地爬升。

飞机终于降落，还没收起翅膀。天空中填满百万

---

[1] 西门·马吉斯：又称大能者西门、术士西门、行邪术的西门，公元一世纪持诺斯底主义的撒马利亚人，西门主义的创始人。一些基督徒认为他是基督教异端，称他为行邪术的西门。

[2] 传说中向往天空、插翅飞翔的人。

只燕子；拍打着翅膀赶来了乌鸦、隼和猫头鹰；从非洲飞来了白鹳、火烈鸟与红鹳；为故事高手和诗人传颂的大鹏在空中翱翔，爪子紧扣住亚当的头骨，这开天辟地以来第一颗头颅；天空深处鹰发出一声长鸣；从亚美力加飞来蜂鸟；自中国抵达的比翼纤长而柔顺，生着一只翅膀，它们结对儿才能飞翔；看鸽子无瑕的精神，由琴鸟和斑斓的孔雀陪伴；从火刑中孕育自我的凤凰，用银色的灰烬一下子遮蔽了万物；海妖飞离危险的湾峡，唱着美丽的歌谣抵达；鹰、凤凰、来自中国的比翼，它们三个都与飞翔的机器交游。

此刻的巴黎，你走着，众人中独自一人，汽车的羊群，咩咩叫着从你身旁驶过。爱的伤痛，锁住你的咽喉，就像你再也不会被一个人爱上。在古代，你能遁入教堂；可现在，您嘴里咒嘟一句祈祷，您都会害臊。你噼啪地笑，像地狱之火，为自己解嘲。这笑声的火星儿，为你生命的深处镀上金箔，像一幅挂在幽暗博物馆里的画，你时常前往细细把玩。

你走在今天的巴黎，女人们沾满血污。明日黄花。我宁愿忘却，那衰败中的美丽。夏特，被激情的火焰围绕，圣母注视着我。蒙马特，你的圣心之血，将我淹没[1]。我听厌了祈福的声音。让我受苦的爱,是一场羞耻的病。盘踞你脑中的意象,让你在失眠和焦虑中生不如死,它总是那么近、继而消逝。

此刻你站在地中海边,四季花开的柠檬树下,你和你的伙伴们乘小船出游,他们一个来自尼斯[2]、一个来自芒通、一个来自杜尔比,海底的章鱼,让我们看傻了眼,海藻间的游鱼,如救世主的造影。

你在一家饭店的花园中,那儿离布拉格不远。桌上一支玫瑰让你心满意足,你放下正在编造的故事,看一只金龟子在玫瑰花芯里熟睡。你被画在圣维达斯教堂[3]的马赛克上的自己震慑,你看到它那天,伤心得要死,你像拉撒路[4]一样,被日光惊得发狂。犹太区的时钟,指针倒转,生活也慢慢倒流,你登上赫拉德恰尼堡[5],在晚上听酒馆里的捷克歌谣响起。

在马赛,在西瓜之间。

---

[1] 指夏特圣母院与蒙马特高地的圣心教堂。

[2] 尼斯、芒通(Menton)、杜尔比(Turbie):法国南部沿地中海的城市或小镇。

[3] 布拉格最著名的教堂之一。

[4] 拉撒路:耶稣的门徒与好友。新约《约翰福音》第11章记载,他病死后葬在一个洞穴中,四天之后耶稣吩咐他从坟墓中出来,因而奇迹似地复活。

[5] 赫拉德恰尼堡:布拉格古老的皇家城堡。

在科布伦茨[1]，在巨人酒店。

在罗马，坐在一棵日本楂树下。

在阿姆斯特丹，与一个女郎一道，这位你眼中的美人实在难看，她本该嫁给一个家住莱顿[2]的大学生。人们租用拉丁语标出的"待租卧室"，记忆中我在那里度过三日，在豪达也是三天。

在巴黎，预审法院，你被当作一名罪犯逮捕[3]。

你经过的旅途，有欢喜有忧伤。意识到谎言与年纪之前，你已为爱所伤，一次在二十岁、一次在三十岁上。我疯狂地生活，虚掷时光。你不敢再看自己的手，我每时每刻可能落泪，为了你、为了我爱过的她、为了曾让你惊诧的一切。

你的眼中噙满泪水，望着这些即将远走他乡的可怜移民。他们笃信上帝，祈祷，女人们给孩子们哺乳，体味儿填满圣拉扎尔车站大厅，像三圣王在星辰中存放信仰。他们盼着在阿根廷发家，衣锦还乡。一

---

[1] 科布伦茨：源于拉丁语 Confluentes，合流的意思。位于德国莱茵兰 - 普法尔茨，摩泽尔河入莱茵河处。两河合流之处，称德意志角。

[2] 莱顿（Leyde）：荷兰西部城市，离海牙东北 16 公里。1266 年建市。十四世纪纺织和印刷业发达。荷兰最大的奶酪和牛市场之一。莱顿大学建于 1575 年。豪达（Gouda）：荷兰一个小镇，盛产奶酪。

[3] 1911 年，阿波利奈尔与毕加索卷入卢浮宫《蒙娜丽莎》失窃案，为一个意大利梁上君子"朋友"受过，蒙冤入狱。

家人拖着红色的鸭绒，像您拖着你的心。鸭绒与我们的梦，一样不真实。移民中有些人会滞留此地，在玫瑰丛[4]和艾库芙街上的陋室里住下。我经常在晚间看到他们上街来透透气，跟象棋棋子一样，不太走动。到处是犹太移民，女人们头缠纱巾，藏在店铺深处，面无血色。

你站在一间下等酒吧的吧台前，在不开心的人群中，花上两苏，买一杯咖啡。

入夜，你在一家宽敞的餐厅里，那里的女人不邪恶，她们自有自己的烦心事，连最丑的那位也曾让她的情郎受苦。

她来自泽西市，是一个警员的女儿。

她的手我从没看过，粗硬并已开裂。

她肚子上的伤疤，让我心生天大的怜悯。

我辱没了自己的嘴，它对着一位可怜的女郎发出可怕的笑声。

你独自一人，黎明将至，奶贩子在街上敲打他们的奶罐。

夜渐远，像一个混血的美人儿，那是狡猾的菲尔

---

[4] Rosiers 与 Ecouffes 街，位于巴黎四区的玛黑区，是传统的犹太人聚集区。

蒂娜[1]或是警觉的蕾阿。

你像喝你的生命一样喝这壶烧酒，那是你如烧酒一样喝下的你的生命。

你向欧德伊[2]方向走去，你徒步回家，在来自南海与圭亚那的图腾中间睡去。他们是基督，在另一种形式与另一个信仰之中，这些幽暗的祈愿的低等基督。

永别，生花素手[3]。

朝阳，断颈之头。

阿波利奈尔（Guillaume Apollinaire）（1880—1918）

+

1913年，巴黎，从夜到黎明——现代与传统、进步与信仰、前瞻与回忆、成长与幻灭、超越与失败、现实与幻想、爱情与欲望、勇气与羞耻、悲悯与戏谑、光明与幽暗、诞生与死亡……——这是一个明暗交错

---

[1] 女孩儿人名。

[2] 巴黎西郊濒临凯旋门的小镇，曾住过付不起城中房租的穷艺术家，今天已是著名的富人区。

[3] 原诗在此重复两遍"永别"。本诗写于1913年，诗人与他的女友，著名立体主义画家玛丽·洛朗桑（Marie Laurencin）分手之后。

的区域，也是一个新旧交叠的时代，令你为之莫名狂喜，同时感到无比孤寂！

在日新月异的生活场景中，陈列着令我厌倦之"旧"，其中包括落伍、被淘汰、令人窒息的真"旧"（经典与传统）；对"新"的反动，复古思潮中的人工做"旧"；也有进步如此之快，周遭的世界相对放慢，因而造成的感觉之"旧"。十九世纪的"世界之都"巴黎，在世纪末的夜色与二十世纪的曙光中的"美好时代"，新旧交替的加速度令我炫目。

在新旧杂陈中，只有宗教不老、信仰常新。这来自阿波利奈尔的反讽——被世俗化和商业化迅速包围、占领，连走进教堂都成了一件令人羞愧的事儿！——却不止于一句戏言。信仰常新，因为你对信仰的需要常新。宗教不老，因为对现代与进步的崇拜，本身已变成最时髦的宗教，虔诚、狂热、蛮横、专制的新信仰……

穿过时代的"今早"，这座城市里"簇新"而繁忙的工业区，诗人回到童年，我们共同的经历，追忆最初信仰如何生成。"教堂的盛典"与"紫晶色"的神秘氛围，令人着迷，正如有关圣洁、虔诚、牺牲、荣誉、永生的传说，引我们举头仰望，期待着与上帝的相遇。耶稣复活、升天、越飞越高……原来祂是一位出色的飞行员！

在二十世纪的眼中,航空是最新的神迹。你相信,我们将与耶稣一同翱翔,向着永生,实现对今世的超越。这样的飞行或超越的尝试,在开始的时候,看起来像一场魔法与骗术,盗取人们的信任。尝试的结果,往往以失败告终:你的翅膀被太阳烤化,跌入海中,粉身碎骨。飞行的自由,必须给信仰的进阶让路。尽管如此,二十世纪新的神鸟——飞行员耶稣——从全世界引来传说中与现实中各形各色的朝奉者,众鸟麇集、追随、狂欢。

从天上绚丽、喧闹的精神盛宴,回到地上"此刻的巴黎",为情所伤的阿波利奈尔,像被牧人丢下的羔羊,在夜的荒野上漫游,身边是咩咩叫着、冰冷无生命的汽车。信仰的时代已逝,给人以慰藉的圣殿被拆除,我为内心中对祈祷的需要而害臊,我笑着自己从历史幽暗的走廊中一路而来的形象,如今像古董挂在博物馆墙上。在这堕落的时代,未老先衰的城市,圣母留在市郊的乡下,圣心无法补偿我们为公社流下的血与泪[1]。对宗教的依赖,是你可耻的心病。

这与少年时代多么不同!那时,阳光、山丘、柠檬树、海洋——在纯真年代——我们在大自然的神奇

---

[1] 巴黎公社遭镇压后,政府在蒙马特高地造圣心教堂,安抚民心。

里，找到神迹。

青年时代，漫游世界。你在一花一虫上，体会"生如蚁美如神"[1]——简单而神奇的生活。第一次预感死亡，令你眺望未来，思忖存在的意义。在路上，轻狂、放浪形骸、漂泊、嘻游、恶作剧，虚掷时光、爱并为爱所伤，少年不识愁滋味、白了少年头……

像奔向新大陆的移民，忍受着离乡之苦、凄风苦雨、迢迢前路，被与鸭绒"一样不真实"的梦想放逐。像从上帝允诺的家园，被赶出的民族，生生世世、无家可归，化作城市幽暗、苍白的那部分面容。

这幽晦的城市之夜、世纪黎明，充满了矛盾，把我撕裂成难辨彼此的两个人——你和我。你的心里充满悲悯，我的身体自甘堕落；你在寻找救赎，我在幻想艳遇；你是我不惜燃烧生命追寻的意义，我是你燃烧并借此捕捉意义的生命。

天亮了，回家吧，那里有带着陌生魔力的神灵等我，那些以欧洲为中心的等级秩序外围的信仰，对应着无数另外晦暗的却与我们一样真实的生命……再见，爱与忧伤。太阳升起，像一颗摆脱了大地身体的头颅，血红、炽热、沉重、轻盈。

---

[1] 顾城诗。

离开
上帝

上帝的忧伤(上帝说)(Tristesse de Dieu)

我看到你们在颤动的大地去去来来,如在世界最初的日子里,却已有天渊之别,我不再将作品留在体内,我已将一切交付你们。

人啊,我的至爱,对你们的苦痛我无能为力,我只能给你们勇气和泪水,这就是上帝存在的温暖证据。灵魂的湿润,是你们体内残存的我。除此,我别无他用。

对孩子垂死的母亲,我束手无策,除了为你们点亮希望之灯。不如此,你们如何看到,飘摇的小床与瘫病的孩童?

我与我的作品被切断,一旦完成就远离我,每日渐行渐远。泉水一旦从山上流下,怎么再流回山顶?

我不知与你们如何继续对话，像一个陶工和自己的陶罐。其中一个耳聋，另一个在作品前像个哑巴。我看到你们向前，不能提醒前有盲目的悬崖，我不能暗示你们如何绕过险阻，你们必须独立将自己拖出困境，像大雪中的孤儿。

在浩瀚的沉寂之外，我每天自言自语："又一个人偏离正路、走上歧途，又一个人不管不顾、犯了错误，这一个将身体大半探出阳台，忘了还有地球引力，那一位忘了检查引擎，永别了飞机、永别了男子汉！"

我不能为你们做任何事，如果我重复我自己，也是通过受苦受难。我是传下的记忆，你们活在记忆里；是登上山岗的希望，你们活在希望里。

被人们的祈祷和亵渎摇动，我无处不在，却不能同时显形，我一动不动，四处游弋，我从一重天宇飞向另一重天宇，我是自己体内的漫游者，在孤独里麇集，我习惯远离，我远离自己，我在自身的底部迷途，像树林深处的孩子，我呼叫、牵引、向我的中心拉扯自己。

人啊，我创造你，是为了能看得更清楚一点，为了没有手脚、没有面孔的我，能在一个身体里生活。

我感激你，认真做着每一件在可爱的地球上只会持续一瞬的事。噢，我的孩子，我亲爱的孩子，噢，你是上帝的勇气,我的孩子,你替我来到世上奔跑,以你脆弱的肉身忍受苦痛,为我冲锋陷阵,没一块未被深深腐蚀的完肤。你们每人,不需演习就知道如何赴死,那是一种任人在各种角度审视、反复审视、无可指摘的完美死亡。

上帝比你们活得更久,祂独自永生,被一场吞噬男人、女人与孩子的宏大杀戮围绕。就算在世时,你们也持续地一点点死去,你们用颤抖的爱,与生命达成和谐。你们有头脑与手指,按自己的品味打造世界,你们的天赋让理性存活、把疯狂关进牢笼,你们拥有构成创世纪的所有动物,你们能像狗一样奔跑、鱼一样游泳、老虎一样前行,或柔弱如初生八天的羔羊。

你们能像驯鹿与蝎子一样赴死,而我保持无形,在地球上无影无踪。怜悯上帝吧,祂不知如何给你们带来欢乐。我身上分出的细小碎片啊,跳动的星星之火,我只能给你们一个炭炉,供你们重新点燃。

苏佩维埃拉(Jules Supervielle)(1884—1960)

+

二十世纪,你与上帝渐行渐远,直到彻底分离。

你我每人携带着上帝分裂出的一小部分，在人世的荒漠上行走，演着幻灭与永生的种种方式。上帝说，看！这就是人的境遇。

　　上帝是什么？上帝是"灵魂的湿润"，是不息的感受力。上帝是希望之灯，照亮生命的无助和隐蔽其间的苦痛。二十世纪，你与上帝，已切断日常的交通，你"必须独立将自己拖出困境，像大雪中的孤儿"。路连着歧途，飞行的翅膀下，深渊连绵。上帝，是希望与记忆。

　　你带着无所不在却无以名状的"一小块儿"上帝，迈向无岸的外在世界，与无底的内在世界。你是上帝的面孔，上帝的身体。你以生之勇气，连接起有限与无限、荒谬和秩序。你是生之岛，点缀死之海。你从信仰到理性，把世界与自己的疯狂，装进分析与归纳编织的牢笼——那只必将被时间拆除的、脆弱的牢笼。我如一个无邪的赤子，获得万物天赋的能力，在不断尝试中完成着新的创世纪。

　　上帝是一只火炉，你在其中毁灭、重生。

人的
境遇

配上音乐说（Say it with Music）

  金手镯与旗，火车头啊船，清新的风和云，我断然将它们抛下，我的心太小，或者太大，生命短暂，我不知死亡究竟何时降临，尽管我老去，每天走下一级台阶，唇间偷偷溜出一句祈祷，在每级台阶上，可有朋友等我，还是一个小偷，或者就我自己？在天上我只能看到一颗孤星或一片散云，取决于我正悲痛还是欢欣。我不再能垂下头，它过于沉重。我也再弄不清，手上捧着的是肥皂泡，还是几枚炮弹。我走着，我老去，可我红色的血啊，我珍贵的红色的血，在我的血管里流淌，追随着此刻的记忆，可是我太渴，再次停步，等着被照亮，天堂天堂啊天堂。

苏波（Philippe Soupault）（1897—1990）

+

生命短暂，被死亡的阴影切断——悬在生命之颈上的死亡利斧随时都能落下。世间的一切——私产、国器、文明象征、自然景致——狭小的生命容器无法盛下，而对照生命的广袤和荒谬，却又显得微不足道。

生命是一个旅程，每日一步。生命是一个向下的旅程，每日向下走一级台阶——每日老去一日，离死亡更近一日。你不知道每天等待你的是什么、是谁。你眼中的人与物，与你的情绪相互映照、影响、改变，难辨主次，正如命运的展开与你的品味和性格之间，互为前提、气候和推手。

"我走着，我老去"，生命如奔流的热血，追寻着每一刻的意义。有时，当我累了、饥寒交迫，我停下、抬头，寻找着天光的启示，仿佛在别处，有一座天堂。

变形记

高大的提琴（Le grand Violon）

　　我有一把高大的长颈提琴；我拾阶而上将它弹奏，在它粗重的喘息间跳跃，在它敏感的琴弦和饥饿的琴腹上奔跑，琴腹里深深的渴望从未有人能够满足，它巨大的忧郁的木质心脏，从未有人能够解开。

　　我的长颈提琴，与生俱来，能像隧道般低沉庄严地倾诉，它沉重充实的咏叹，如从深海贪食的大鱼口中发出，而在琴端，琴头的吟唱充满希冀，飞升似箭，从不放弃。

　　我被倾诉的怒波吞没，陷入鼻音沉重的雷鸣，我却惊鸿一瞥，从中倏地抽出惊恐的音符，或受伤的孩子，刺耳，令人心碎，而我自己，继而转向它，在忧惧之中，被悔恨、绝望或莫名的东西抓紧，那将我们连结又分开的悲剧。

米肖（Henri Michaux）（1899—1984）

+

当一把提琴表达你，你与它身心合一，你变做一把渴望表达的提琴。

敏感、忧郁、神秘，一旦被拨响，你便开始深沉地倾诉，如从隧道深处或海底传来咏叹。提琴化成大鱼，琴头变做飞矢。继而，你被语言的怒波淹没，逃出的音符惊惧不安，像"受伤的孩子"。你看着化做一把提琴的自己，忧惧、悔恨、绝望，或一种说不出来的东西——也许是命运的悲剧——将你们连结在一起。

解放记

龙（Dragon）

　　一条龙从我体内钻出，带着成百上千火尾与筋腱。
　　我使出多大力气，逼它飞升，在我头上将它抽打！下面是钢制的监牢，我曾被关在那里。我坚持不懈，保持着狂野，无懈可击的监牢的铁皮，在猛烈的旋动之力下，终于一点点开裂。
　　那是因为流年不利，在九月（1938年），礼拜二，我为活下去，必须附体这奇异的龙身。就这样，我为自己一人投入战斗，当欧洲还在犹豫，我像龙一样，向着险恶的势力进发，向着无数将自己抽离在世事之上的麻痹的人们，从平庸之海的涛声上飞过，当它巨大的体量，突然间骇人地重新显形。

米肖（Henri Michaux）（1899—1984）

+

  化身为龙，挣脱理性枷锁与文明的暧昧。

  在第一次世界大战的阴影中，卡夫卡一觉醒来，变做一只甲虫。二十年过去，另一场大战的阴影，笼罩"还在犹豫"的欧洲，我化做一条从自己体内钻出的龙，突破了所有经验、理性、文明、制度，拼命地飞升，向着"险恶的势力"开战。这注定是一个人的战斗，在与敌人交战前，我必须穿过"无数将自己抽离在世事之上的麻痹的人们"，并"从平庸之海的涛声上飞过。"

重生记

死后（Après ma Mort）

死后我将被运走，我将不会被运到一个封闭之地，而是充满终极元素的无边空间。在这四望无际的广阔空间里，我不会放任、气馁。星空下，我将重拾起自己，重拾起我之所以为我的一切、我曾经或即将成为的一切，以及我内心秘密的年历上，预告我将变做的一切，我攥住这一切，我的品质、我的恶，最后的屏障，我给自己打造的盔甲。

由其构成的内核，为愤怒所激活，这纯粹的愤怒冷静而完整，连血都不再能承受。我以此内核，着手创造一只刺猬，凭借极致的防御，采取决绝的姿态。

而虚空，虚空的虫蛆，已摆动触角，伸缩着松弛的皱皮向我爬来，要可怕地刺穿我的细胞。对着不肯屈服的猎物试过几次之后，惊骇的虫蛆羞惭地退缩，在我眼前消失，将与生命相配的一切留给生命。

从这一隅解脱，我用此刻获得的力量，不期的胜利所带来的活力，落在尘世，重新钻入我那一动不动的尸身，所幸呢毯和毛绒保持着它的体温。

带着惊诧，在我这赶超巨人的努力之后，带着惊诧和伴有失望的喜悦，我重回这促狭与封闭的空间，人必须在此度过，才能成就为人的生命。

米肖（Henri Michaux）（1899—1984）

+

在自我寻找与再造之旅上，你不惜经过种种变形，如此决绝，连死也成为进阶的一种方式。

死亡，不是一种封闭，而是解放。你被送到"充满终极元素的无边空间"，你之所以为你的本质，却并未随之降解。你重拾你的过去、现在与未来，你全部的善与恶——那是在世上你借之定义自我的边界、"屏障"与"盔甲"。

你穷尽生命，去探索、去命名、去解放的决心，如一股"冷静而完整"的怒波，构成重生的动力。你将以此为基础,把自己塑造成一个刺猬似的战士——不屈反抗是你与生俱来的本能。

你将战胜空虚,重返人间,回到自己尚未冷却的尸身。你知道,经历了无数次变形的精神冒险,你需要重返肉体,"这促狭与封闭的空间",因为"人必须在此度过,才能成就为人的生命"。

演化记

梅朵赞人肖像(节选)(Portraits des Meidosems)

　　敲响梅朵赞人灵魂中激情的钟醒来。节奏加快。四周的万物加速、加速,奔向峥嵘突显的命运。
　　刀痉挛着袭来,棍杖在深处搅拌,剧烈地颤动。

#

　　为了做梦,他们变身气泡;为了摇动,他们变身藤蔓。
　　倚在墙上,一道没人再会看见的墙,有一个长绳的身形。她交织在一处。
　　这就是一切。这是一个梅朵赞女人。
　　于是她等,稍稍有些松垂,不过已好过所有她这个尺寸、支撑自己的绳索。

她等。

日日、年年，现在到来吧。她等。

#

纤细弯曲的长腿上，是高大、优雅的梅朵赞女人。

梦见赢得赛跑，充满遗憾和筹划的灵魂，能表达万物的灵魂。

于是她前仆、迷狂，在一个将她饮下却毫未留意的空间里。

#

火星儿般的皮癣让苦痛的头颅瘙痒。这是一个梅朵赞男人，一个会跑的疾痛，一个转动的逃逸，一个看起来在狂乱地摇晃的残障。难道我们不该出手帮他？

不！

#

病疾与感染的洪流、苦痛队伍的洪流，带着从前时代苦涩的焦糖色，慢慢形成的石笋，他与这些洪流同行，心存畏惧，这些从头上生出的海绵状的肢体，被成百上千细小血流刺穿，外渗的血，刺破纤细的动脉，可这不是血，这是记忆之血，从灵魂开裂处流出，从脆弱的内腔，在麻痹中挣扎，这被虚妄的记忆染红的血，流淌而没有方向，而他细小的肠道四下奔逃，却不无根由；那许许多多却微不足道的破裂。

一个梅朵赞那人爆裂。他信仰的万千纤细的静脉爆裂。他跌倒、再跌倒、跌进又一个暗影、又一个水塘。

他如此前行，是多么艰难……

#

他变做瀑布、裂缝、火。做梅朵赞人，就是如此幻化，如多变的波纹。

为什么？

至少，那不是伤口。梅朵赞就这样。更多是光影的反射与嬉戏，而不是受苦或沉思。更多是层层瀑布。

#

这里是墙壁之城。屋顶呢？没屋顶。房子呢？没房子。这里是墙壁之城。手捧一张地图,您总能见到梅朵赞人寻找出城之路。却永不能走得出去。

因为新生儿(并且变做木乃伊的死者占着墙壁之间越来越多的空地),因为新生儿,人口总是增加。需要在现有的墙壁之间,搭建新墙。

在墙里有梅朵赞人式的长谈,谈论没有墙、没有界限、没有终点也没有开始的世界。

#

没有头的翅膀、没有鸟的翅膀,任何向着太阳的天空飞翔的身体上纯粹的翅膀,向着那尚未灿烂而在努力璀璨的天空,要在苍穹中开凿出他的道路,像一枚来日幸福的炮弹。

寂静。起飞。

梅朵赞人曾如此渴望的一切,终将降临。看,就在这里。

米肖(Henri Michaux)(1899—1984)

诗人假"梅朵赞"之名，为人类——你与我——造像和立传。

命运中所有峥嵘，从人的灵魂被唤醒之后，才一一显露。觉醒与堕落的时刻，钟鸣般同时到来，凌厉似刀棍，势不可挡。

时间加速，万物逃向身后，人变动不居，如梦里的气泡、风中的藤蔓。

看，那纤长的身影是女人，如一根支撑着自己的绳索。她微微放松，整体却保持着紧致的姿态。那是等待的姿态，在等待中流年似水。女人高大、优雅，沉醉在她的期待之中。期待如幻梦，梦中充满竞逐、谋划、失落、善言的灵魂。

再看男人，总是困于焦虑，带着不完整的心智，东奔西跑，到处冲撞。得不到救赎。我与历史的阴影一道前行，背负着记忆带来的所有伤痛、疾病，我感到畏惧、脆弱、麻痹、虚无，我的灵魂被默默放着血，却无路可逃。我步履维艰，踯躅不前，直到信仰的血脉崩裂。

你与苦难的记忆和倦怠的沉思决裂，纵身越过裂隙、火焰、时间的断崖，化作一道瀑布，折射生命的光彩，加入宇宙的游戏。

种群的增长与堆积，压缩着生存的空间，人与人之间被越来越多的"墙"隔断。在"墙"之城中,我们一直不断进行有关超越的对话。

想象并向往一种为超越而超越的行动,纯粹的飞翔,向上的弧线,虚无中开凿出的路,炸开极乐世界的炮弹。

在历史的画布上,在时间的深处,一次火箭发射如此璀璨、如此静谧。而对你来说,通往你所渴望一切的路,就在脚下。此刻,出发。

为自己
接生

诞生(致夏尔·森日万)(Naissance)

　　曾浪迹天涯的海,我黑色的海,最终靠近了大地,我的母亲,这与我已分离多年的老妪。海的边缘,在野马之眼穿过它长鬃的地方,平铺在礁石与盐之上。
　　噢,这一天震耳欲聋的寂静!人醒来,在茫然中,在双臂间,捧着纯粹的大理石雕像。
　　我主宰了自己的诞生,我来到人群之间,我歌唱。

弗雷诺(André Frénaud)(1907—1993)

+

　　蓝色的海,黄金海岸,美丽的维纳斯在阳光、水沫、岩石间诞生。蓝色代表理性，诞生代表复兴。

可此刻，你的意识像一片黑色的浑浊的海，你像一个疲倦的浪子。老去的大地母亲，代表着现实的存在。在狂躁的本能所遮蔽和搅动的视野里，这次意识与存在的相遇——或说重逢——如此生疏、苦涩、坚硬、冰冷。

觉醒中的轰鸣，振聋发聩，你在其中久久发呆。你睁开眼，世界如此广袤、荒芜、沉寂。你低头看，自己怀抱着一个纯美的大理石雕像——散发善、美与理性之光的理想。

你意识到，那是新生的自己——探索过黑暗的经验之海，与存在的边界激烈碰撞——刚刚经历了一次诞生。你为自己接生，然后来到人群之间，开始歌唱。

解构
救赎的允诺

圣王(致安东·贾科梅蒂)(Les Rois Mages)

  真要这样前行,快如星辰?难道这徒步的旅程,还不够艰辛?我们最终是否会错失,这月亮与野兽间、不急不躁的一线光明?

  雪用融化的花,编织回家路边,那些记忆丢失的原野。新的旅伴,如伐木工从林中走出,加入队伍。漫游的犹太人,带着惹人嘲笑的伤疤,艰难前行。裘皮盖着病入膏肓的黑国王。饥饿的牧人与我们一道,他蓝色的眼睛,照亮褴褛的外衣与一群吵闹的被囚的孩子。

  我们走在去亲历欢乐的路上,我们曾深信,将在前面一所房中诞生人类的欢乐。那是万物开启的时刻。现在没人出声。我们走在路上,去解放一座闪耀的坟墓，上边标有一只林中火把编织的十字架。

这片疆土并不安稳，城堡向身后滑过。驿站炉中没有生火。边境偷偷突进，向着黎明移动。我们曾撕破沙暴的手掌，被象虫叮咬，夜令我恐惧。

在路边风中等待过我们的人群，已经倦怠，合唱团背过身去。晨光中闭合的城郊，无爱的土地，我们向前，与所有人汇合又分开，垂下不堪希望之重的眼睑。恐惧像一只瘦马喘息。

我们到得太晚，屠杀已经开始，无辜的人们倒在草间。我们每日搅动地上的水洼。传闻落空。没有后援的死者，曾过于相信我们的勤勉。

所有香料已在象牙瓶中腐烂，金子让我们的心像乳汁一样凝结。少女已把自己奉献给士兵，我们将她留在方舟里，为了她脸上的微笑，像光一样闪耀。

我们迷路了。我们得到不实之报。旅程开始，即是如此。没有路，没有光。梦见一穗金玉米，可我们原罪的重量，使它不能长大。我们念叨、抱怨着前行，三人乱作一团，就像一人跟自己纠缠不清。世人都梦见我们穿行在污秽之地。他们期望之际，我们已迷失了方向。

迷失在时间的波纹中、被圣婴微笑激活的艰难曲折里，骑士追寻未来难以把握的新生，像赶牛娃一样将我们驱赶。我厌恶历险,我要转回悬铃木下的家园,饮一勺未被月光打扰的井中水,在平整如前的露台上完成夙愿,在我清凉宁静的身影里。

可我不能从荒诞的呼唤中自愈。

弗雷诺(André Frénaud)(1907—1993)

+

诗人借三圣王自东方跋涉而来,庆祝圣子诞生的典故,解构你将获得救赎的"允诺",预言你被一次次辜负和抛弃之后,仍难逃被"宏大叙事"召唤的命运。

圣王走在西来的路上,旅途困顿,最令他担忧的是失去通往光明之地的线索。回家的路,迷失在风雪中。他加入疾苦的人群,那些被从允诺的天国赶出、注定流放生生世世的人们。他满怀希望,即将见证欢乐新生的降临,可是等着他的是坟墓与十字架。

这片土地寒冷,令人不安,目标变动不居,充满骚扰与险境。在恐惧和绝望的重压下,人们失去了爱、热情、勇气。

预言希望的先知,到得太迟。被辜负的人们,葬身无情的杀戮,香料腐烂、心血凝结、少女被玷污。希望的携带者,带着虚无的希望,圣王在来路上纠结、迷失。希望的种子,金光闪耀,却不能长大。

　　你多想重返家园,度过平静的一生。不过,对救赎与被救赎的渴望,像驱赶牲畜一样驱赶着你,穿越时间、曲折、艰险,一步难停。

把存在的意义
攥在手中

真实的存在（Présence réelle）

除了你的注视，我厌恶在那里与自己相遇
除了你空空的双手，我的额头在那里停歇
除了你的期待，扰乱我的孤寂
除了我们的骄阳，与同样焦灼之夜
除了你的咽喉，除了你的笑声
除了你，除了我
我已找到你
我确信，我把你抓在手中

弗雷诺（André Frénaud）（1907—1993）

尽管生活中有那么多令你不自在、不喜欢的方方面面，比如直面自我、空洞的抚慰、困扰情绪的期待，以及其他林林总总的不如意，只要把生活牢牢地攥在自己手中，存在的感觉就变得真实起来。

正如加缪在《局外人》中所说，我抓住这个实情，就像它抓住我。（Je tenais cette vérité autant qu'elle me tenait.）。面对不透明、荒谬不仁的存在，介入、将其抓在自己手中，是进而创造任何意义的唯一前提。年轻的存在主义，是一种多么豪迈的态度。

生活先于
经验与意义

共享的存在（2）（Commune Présence）

你急于下笔，就像你要在生活中迟到。如果这样，那么跟上你的源头。快，快些传递，仁慈的反叛中属于你的那一部分神奇。

的确，你在生活中迟到了，那不可解说的生活，那在思量之后你接受加入的唯一生活，那每天用人或物将你拒之门外的生活，经过回报可怜的斗争，你费力地在这儿或那儿获得一些无肉骨屑般的碎片，在那之后只剩顺从的垂死，粗粝的终局。

如果你劳作之际遇到死，接住它，就像流汗的项背，为一块干爽的毛巾感到惬意，向着它埋下头去。如果想笑，就交出你的驯服，从不要亮出武器。你被创造出来，绝少为了共享的时刻。改变你自己，不带遗憾地逝去。在轻柔而严苛的意志下，世界一片接一片清盘，从不停歇、从无偏差。

让尘埃远扬，谁也不能泄露你们的结合。

夏尔（René Char）（1907—1988）

+

夏尔说："你被创造出来，绝少为了共享的时刻"。

生命短暂，如白驹过隙，不要耽于共同的经验，不要追逐普遍的意义，沦为生活中永远的"迟到者"。生活先于经验、先于意义。生活，新鲜、凶猛、粗暴、无情，像一趟满载的、疾驶的货车爬不上去，爬上去也挤不进去。对你来说，生活是一场注定收获甚微的斗争。

不要惧怕死亡，像接受惬意的休憩时间一样接受死亡。保持乐观，别矫情、别挣扎。像尘埃一样，随风扬起，飞向远方。

回到
生命的源头

最初的时刻（Les premiers instants）

  我们看着水越来越大,从身前流过。它一下子抹平山峦,挤破母亲的肋部。这不是屈身命运的激流,这不可言喻的猛兽,我们变做它的声音与实质。痴恋的我们,被它拉到想象力万能的拱门之上。什么样的干预,能把我们阻挡?每日的庸常已经逃远,洒出的血,重返它的热度。被开阔容纳,被打磨,直到踪影全无,我们曾是永无尽头的胜利。

夏尔（René Char）（1907—1988）

+

夏尔说：回到最初的时刻。回到最初的冲动。如激流、如猛兽。获得无情的破坏力和万能的想象力，那是不屈身于命运的唯一希望。不要怕置身旷野而显得渺小，不要怕被时间打磨变得无影无踪。像热血，像不可阻挡的大水，在一望无际的原野上奔涌。这是我们的胜利。

爱

致……（A…）

　　那么多年来，你是我的爱，那么多期待之前的眩晕，什么也不能使它变老，或者冷却，就算是等待我们死亡的岁月，或精通如何慢慢打击我们的一切，抑或我们眼中陌生的事物，我的一次次藏匿与回归。

　　像黄杨木百叶窗紧闭，一次极度密集的机缘，是我们的山脉、压缩的光芒。我说机缘，噢，我反复强调。我们俩都能接收，属于对方的那部分奥义，而不泄露秘密。来自他乡的苦痛，最终被我们结合的肉体切断，在一片被它撕碎的云中心，找到光明之路，重新启程。

　　我说机缘，如我所感。你升起了我期待必须超越的顶点,在明天消逝之前。

夏尔(René Char)(1907—1988)

+

爱。令人在期待中眩晕的爱,不老的爱,保持热度的爱,经得起岁月与机遇打磨的爱。携带命运奥义的爱,解读机缘巧合的爱,给苦痛找寻出路的爱,会意而矜持的爱,将彼此带向顶点的爱。

在太阳崇拜
的阴影里

与世无争的人（L'inoffensif）

　　太阳落下时我哭了，因它在我眼前藏起你，因我不知如何与它那些夜晚的对手协调划一。尽管它就在那里，此刻了无热度，却不能阻止它的下沉，像枯叶垂落，或从病怏怏的光芒中再抽出一丝渴望。远去的夕阳，将你没入幽暗，像摧毁的两岸崩坍，河床的淤泥搅入湍急的水流。程度不一的坚硬与柔软，于是有了相似的效果。我不再收到你声音的嗡鸣，你突然从我身侧消逝了身影。挽住我手的不再是你细长有力的手腕，而是伐倒的无名死树上一条空枝。万物莫名，只有窸窣之声。入夜，烟火亮处，我已失明。

　　其实我只哭过一回。消逝的夕阳斩断你的面容。你的头在天空的洞穴里滚动，我对明日失去了信仰。

谁属于早晨,谁属于夜暗?

夏尔(René Char)(1907—1988)

+

藏在太阳后面的信仰,一旦沉落,我才发现夜说来就来,而我从没有与黑暗交涉或保持和谐的能力。失去热度的信仰,如一个无力的病人,无法自救,何谈救人?在太阳的反面,在黑暗里,河道土崩瓦解,江河泥沙俱下,世道变得冰冷、坚硬、粗粝。哪还有希望的声音?手伸之处,只能抓到"无名死树上的一条空枝"。

我与世无争,不识进取,一生耽于对太阳的迷信,在日落一刻,双目失明,万物无形,不辨昼夜。

大地上
那些精微的秘密

玫瑰的额头（Front de la rose）

　　久已空置的房间，尽管开着窗子，玫瑰的香芬仍连接曾盘旋其间的气息。再一次，我们不带先前的经验，如新来者，为此着迷。玫瑰！越过田野上纵横的阡陌，吹散死亡之执。没有哪道栏杆，能将她阻止。似我们水汽散尽的额头作痛，欲望再次升起。

　　雨中大地上行走的人，不必担心荆刺，即使在局促或险恶之地。他一旦停步，陷入静思，厄运就要开始！重伤的他，飞进灰烬，如一支被美捕获的箭矢。

夏尔（René Char）（1907—1988）

相遇与告别，匆匆。是什么，连接着既往的回忆——那盘旋于这栋空空的旧屋中的气息？玫瑰的香芬，越过经验的障碍，越过田野，越过死亡的威胁，那是再次升起的水汽般恼人的、甚至轻率的欲望。抓住它！只要向前，一切艰险都能踩在脚下。不要被静止的"美"捕获，变做一只不动的飞矢，在静思之火里化成灰烬。厄运，从停步的一刻开始，统治着身后的疆域。

动物

凶猛

我体内的
猛兽

马拉多霍之歌（Chants de Maldoror）

第二首、第十三节（片段）

终极审判，与我何干！我从未失去理智，我这么说只为骗过你们罢了。当我造孽时，我知道自己在做什么：除此之外，没啥能激起我的兴致！

我站在岩石上，任风暴抽打我的头发与长衫，狂喜中我窥伺着风暴的力量，在没一丝星光的夜里，压向一艘海船。像一个赢家，我追踪着这场大戏的起起落落，从船抛锚，直到它被吞没的那一刻，大海这件致命的大衣，把刚刚还穿着它的人们，扯进自己的胃肠。

而我作为主角，加入大自然这翻天覆地场面的时刻,越来越近。在那船刚刚挣扎的地方,能清清楚楚地看出,它将在海底度过余生,有些被海浪裹挟的人们又浮出水面。他们三三两两,紧紧抱住彼此的腰;这哪里是逃生的招数?如此只会更加动弹不得,像漏水的陶罐没入水底……

这一队破浪而来的海中猛兽是谁?共有六头,精壮的鱼鳍,穿过翻滚的海浪,劈出一条通道。片刻之间,那些在这不安之地拼命摆动四肢的生灵,就要被鲨鱼做成不用鸡蛋的蛋饼,并以强者优先的法则分食。血融入水,水拌入血。鲨鱼的眼睛,足以照亮这杀戮的场景……

此时,远处海平线上,海水又被搅动,又是为何?就像一阵逼近的旋风。桨叶划水多么有力!我意识到这是什么。一头硕大的母鲨,前来分享鹅肝酱饼、大啖冷切牛肉。饥饿让她狂怒。一言未发,一场鏖战在母鲨与群鲨间爆发,为争夺红色炼乳般的海水里,那些到处漂浮的肢体。忽左忽右,母鲨发起袭击,牙到之处都落下致命的伤口。不过三头剩下的公鲨,将她团团围住,母鲨不得不四下兼顾,抵挡公鲨的招数。

关注这场新式海战的观众,站在岸上,莫名的激情逐渐沸腾。他的目光聚焦在这头长着强健牙齿的英勇母鲨身上。他不再迟疑,用肩架起火枪,以贯有的机敏，在一头公鲨露出水面的霎那，将第二颗子弹射入它的鳃里。剩下的两头公鲨更加狂怒。小伙子嘴含咸咸的口水，从高高的山岩上一跃入海，手持一刻也不离身的钢刀，游向那片斑斓挂毯般的海面。于是，四个对手捉对厮杀。小伙子游向他疲惫的敌人，耐心寻机，将锋利的钢刃刺入公鲨的腹部。而那漂浮的城堡般的母鲨，也轻而易举地解决掉最后的敌手……

这浪里白条与被他救下的母鲨，面面相对、互相盯视，过了片刻，都为对方目光中露出的冷酷所震惊。他们彼此环绕着游弋，目光不敢半刻偏离，心中讶叹："直到现在，我才发现自己实属井底之蛙，看这里就有一个比我更厉害的狠主。"随后，如被同一根神经拉动，他们在水中游向彼此。带着相互的爱慕，母鲨用鳍拨开海水，马拉多霍以手臂击碎浪花。屏住呼吸，在对彼此深深的敬慕中，双方都破天荒地渴望思量自己的容貌。游到相隔三米，他们毫不费力、猛地倒向对方的怀抱，像两位情侣，相知相敬地拥在一处，那怀抱如兄妹间一样温柔。肉欲紧随情谊而至。神经质的双腿，紧紧夹住巨鲨的粘湿皮肤，如两只蚂蟥。手臂与鱼鳍绞住爱慕对象的身体，用爱将其环绕。不消片刻，他们的喉咙与胸脯已融为青蓝色的一片，散发出海藻的味道。在不断咆哮的风暴中心，被雷电的光芒照亮,翻卷泡沫的海浪是他们的婚床,被海平面下的洋流拖曳,如一只摇篮。他们翻滚在一起,滑向无底的深渊,结成这漫长、纯洁、骇人的联姻!……

终于,我找到了我的同类……从此,我不再一人独自生活!……她与我想法一致!……我与我第一个爱人面面相对!

第四首、第六节(片段)

我梦见自己附身在一只公猪体内,一旦进入就不易脱身,一身皮毛在最肮脏的泥沼中打滚。这是一种奖赏吗?我心所愿,是不再归属人类!对我来说,我听说过那意味着什么,而我的亲身经历,证明了一种至深至广的欢乐。我仍上下求索,自己何等的善行感动上天,恩赐给我如此至尊的待遇。

不过此刻,当我在记忆中,重温那以花岗岩般坚硬的肚皮伏地的一幕幕,在我毫无觉察之际,海潮两次冲刷了,这枯死的物质与鲜活的肉体构成的不可降解的混合体。将这化身为猪的经历,说成是上天的正义借我身体执行的惩罚,也不乏道理。

不过,谁了解他内在的需求、污秽快意的根由?在我眼中,只能是那长久期待的完美幸福,在高潮中激烈的颤抖，才能带来如此的变形。这一天终于到来，我变身为猪！我在树皮上磨牙；想到我的口吻都有快感。一分一毫的神性都没剩下：我通晓如何将灵魂送到这无法言表的欲望的至高顶点。

那么听我说，别脸红，你这没完没了扭曲美的小丑，把你那无耻至极的灵魂发出的可笑嚎叫当回事儿的主儿；你哪能理解万能的上帝，为何在滑稽戏精彩却没超出荒诞法则的罕见一刻，抽出一天取乐，在一颗星球上播下被称作"人类"的奇异微生物种，用类似粉色珊瑚的材料制成。当然，你有道理脸红，你这皮囊，不过听我说，我没想让你绞尽脑汁；恐怖的经历，会让你口喷鲜血：放轻松，身心合一……来，了无屏障。

我欢喜屠戮时，我就动手；就算杀人，对我来说也是家常便饭，没哪个能把我阻挡。人类的法则，仍到处如影随形地跟着我，尽管我并不攻击那我轻易抛弃的物种；我的心底从来没有悔意。我每天以与新的同类角斗度日，地上洒满层层凝固的血浆。最强壮的我，将全部胜利收入囊中。我身披灼痛的伤口，我却佯作毫无察觉。陆地上的野兽都躲着我走，我是身处至尊荣耀中心的孤家寡人。

那么想象一下我的惊诧，当我抛下因我的武功日渐荒凉的原野，为在新的田园建立我屠戮的秩序，刚刚泅水渡河，预备在开满鲜花的岸上踱步，我的两脚麻木，这强加于身的禁锢如此真实、不容一丝松动。为了继续前行，我使出惊天的力气，正在此时梦醒，我感到自己重回人形。

上天以不可言说的方式，让我明白，祂只容我在梦中实现我壮丽的筹划。重回原形让我如此悲伤，我夜夜以泪洗面。我的床单如浸水一样，被泪淋湿，必须每日更换。如果你不相信，就来亲眼看看；以你的阅历，来查验下我所说的确属实情，并非只是近似而已。

自那在星光下度过的荒野之夜，多少回我在崖头与一队队豪猪为伍，为了重获我那被毁掉的变形——那是我的权利！是时候放下这些光辉的记忆了，在它们身后，留给我的只有一道不尽余恨汇集的银河。

洛特雷阿蒙（Comte de Lautréamont）（1846—1870）

+

2014年6月24日，世界杯足球游戏之夜，意大利与乌拉圭命运淘汰赛，苏亚雷斯咬人了！举世陷入不解，如被催眠，只有苏神来自蒙得维的亚[1]的老乡，精神分裂症患者、天才诗人洛特雷阿蒙，穿过一百五十多年，露出了神秘的会意的微笑。

1859年，《论借助自然选择（即在生存斗争中保存优良种族）的方法的物种起源》[2]出版时，洛特雷阿蒙十三岁，距他以近日彗星般写作方式燃尽自己，还十年有余。不知博览群书的少年，是否受到达尔文的影响。不过通过《马拉多霍之歌》，诗人似乎在同一个方向上走得更远，启蒙了弗洛伊德，照亮了超现实主义。

在我——马拉多霍——的世界里，"一分一毫的神性都没剩下"，"终极审判，与我何干！"在这里，大自然无情、任性，大海刚刚还是披在我身上的大衣，顷刻间就能将我吞入肚肠。人除了侥幸充当看客，就是争取做一个赢家。人与人之间，是弱肉强食的丛林秩序。动物性作为一种人性，昭然若揭、根深蒂固。

以夜半的神经狠命敲击琴键的节奏，马拉多霍揭

---

[1] 蒙得维的亚，乌拉圭首都，诗人洛特雷阿蒙1846年在此出生。
[2] 《物种起源》，英文为 The Origin of Species，全称《论借助自然选择（即在生存斗争中保存优良种族）的方法的物种起源》，即 On the Origin of Species by Means of Natural Selection, or the Preservation of Favoured Races in the Struggle for Life。

开掩在我意识潜流上的层层虚饰。我看到，足以把我打回原形的场景，可能就是天气一次无常的转变。杀戮令我兴奋，污秽导致高潮，受虐与施虐带来双重快感，而我对强权与赢家的崇拜近乎肉欲。爱即死，摇篮与婚床，"被海平面下的洋流拖曳"，"滑向无底的深渊"。

当我在一次次"返祖"现象前，羞愧地低头；当我承认自己身上抹不掉的动物气味，我感到真实战胜虚伪的片刻愉悦。丑即是美，当它起到净化、安慰的作用。

作为难逃大地引力却一直努力超拔的"人"，我宁愿相信进化的辩证法——从动物我到人我的进化中，我是同一个我，我不能抵抗变化与变异，也不能忽略甚至妄想切断那作为我生命之源的连续性。

在生死疲劳里轮回，动物我与人我，在横跨银河的绵绵乡愁里相忘、相会。

假"驱魔"之名

我好这一口（Mes Occupations）

我鲜有见人而不碎之。其他人好在心里自言自语。我，不。我好碎人。

饭馆里，人坐我对面，不声不语，过了一会儿，他们准备吃饭。看，来了这么一位。

我揪住他——咚。我再揪住他——咚。我把他吊挂衣钩儿上。我把他取下。我把他再吊上。我把他再取下。我把他摆桌上，压瘪他。我泼水弄脏他。他醒过来。我拿水冲他，我放平他（我开始烦了，得歇手了），我卷起他、按瘪他，把他收拾起来塞进我杯子，大摇大摆把杯中物洒到地上，跟小弟说："给我上个干净杯子。"

可我不舒坦，我利索地付账、走人。

米肖（Henri Michaux）（1899—1984）

+

2014年5月28日晚九点，山东、招远，购物中心的一家麦当劳餐厅。灯火通明，监视器、手机相机、摄像头处于开启状态。除了员工，餐厅里坐满了吃饭聊天的人。一个女孩走向邻桌就餐的少妇，索要手机号码，被拒，片刻后带回五六个成人，开始围殴少妇。几分钟后，少妇倒毙在血泊中，身边是被打弯的铁扫帚把，那五六个人大声叫喊着，不停狠狠地踩踏在死者身上——假"驱魔"之名。

这是米肖的诗吗？

现实再次验证诗的魔力。你可以说，任何人说一句再出格的话，放在一百年里，总会有事件发生来佐证。不过提起我身体里那每天冒出来多次，要将身边人暴碎一顿的魔鬼，米肖的寓言有它可怕的普适性。

看看你自己，像一头困兽，走在浑沌的大地上，或踯躅不前，或为抵达"终点"，必须登上一条"通途"，走进一个决绝的光明的叙事，举目四望，遍地泥沼险滩、鬼魅魍魉……你一下子变身光明使者,秉烛执杖的驱魔者……

嚎叫
是一种治愈的方式

嚎叫(Crier)

　　手指生疮,痛不欲生。不过更痛苦的,是不能叫唤。谁让我在酒店里。入夜了,我的房间夹在两个住着客人的房间之间。

　　于是,我从脑壳里取出大鼓、铜管乐器与比管风琴嗓门儿更大的家伙。借炎症赋予的神力,我搞一个震耳欲聋的合奏。地动山摇。

　　于是,当我最终确认在这喧嚣中,没人能听到我的声音,我开始嚎叫,一连数个小时嚎叫,借此让自己一点点舒坦下来。

米肖(Henri Michaux)(1899—1984)

+

世上任何地方，都是一所住满了陌生人的客栈。精神的炎症，令我难忍，可我必须中规中矩，免得打搅了他人。隐忍的堤坝，终将被冲破，内心的喧嚣振聋发聩，我用嚎叫排解了苦痛。

嚎叫，是一种治愈的方式。

**与恶
共处**

2014年夏，读到村上春树的《地下》和《在允诺的地点》，感于其中对人性之恶的思辨，记录于此。从接受原罪，到承认人的动物性，再到提出"与恶共处"，是我们在此课题上，从前现代、经过现代、走到当代所累积的三重智慧。

一

1995年3月20日，日本极端宗教组织奥姆真理教在东京早班地铁多条线路同时投放沙林，一种致命的神经伤害性型化学武器，造成十多人死亡与数千人受伤。事件之后两年中，海外归来的村上春树采访了六十余位受害者、八位奥姆教徒，写成报告文学作品《地下》、《在允诺的地点》。二十年后，你读到这两本书，印象深刻的话题包括：

+ 东京高地价所引致的漫长的轨道通勤生活方式（书中人物通勤单程时间很少有低于一小时的），为致命化学武器的投放提供了充裕的空间和时间，在这个时空里，弥漫着疲惫与漠然。
+ 现代社会中危机应对能力的匮乏，以及次生灾难带来的更为长久沉重的伤害。
+ 人们对极端宗教组织态度上所体现出来的"代沟"效应，越接近奥姆教徒平均年龄的受害者或旁观者，越对施害者"恨不起来"。
+ "好"叙事与"坏"叙事之间的差别，在于前者的开放性与间离感，即："好"叙事从不给读者明确的、唯一的选项，并不断提示读者现实与虚构的界限在哪里。
+ 如何与"恶"共生共存：毒来自体内，过度排毒，则威胁生命。警惕纯洁。警惕纯洁叙事之恶和纯洁制度之恶。

你曾在乘坐北京与上海地铁时掏出这两本书，打发时光。这是一种孤独、五味杂陈、继而陷入惊心动魄的想象的经验：假如恶就在此刻，制造一次书中所描述的杀戮,我们将怎么应对、尽量减少伤害、探索并与恶建立一种共生的关系?

二

动物凶猛,体内的魔鬼,无法驱逐之恶。善与恶,在你和我的生命里共生。在无善无恶、亦善亦恶的意义上,你与每个人平等,正如在荒谬的世界上,我们每人拥有平等的、绝对的自由。

善与恶互相转化,取决于时间、地点,心中那一点烛火照射的角度。对恶的判读——包括对生命的毁灭、对自由的限制——应放入具体的场景和立场。正如你因对"善"的不懈追求而为生找到意义,你也因对自身之"恶"过度排斥而走向死亡。恶,是你生命活水携带的毒素,由生命自身——包括善——转化而来,彻底排毒将除却生命之本。

接受原罪——接受人的动物性——与恶共处,是前现代、现代与当代的三重智慧,不仅是人当有的谦卑,也是一种生存策略。在人的历史中,越在"礼崩乐坏"的时代,越要警惕弘扬"绝对之善"的叙事占据空心,以"善"之名允诺、封闭、限定、对立、专制,直到杀人。当心一切带着抽象的光滑的主义,学会对绝对性带来的轻飘飘的、过电似的幸福感说不。

在你我之间，因善的动机接近，以恶的知识划界。个人之善与个人之恶，有向集体之善与集体之恶转化的引力、结构、机制。针对社会功利的批判里，道德功利与逻辑功利无比犀利。善之恶、集体之恶，比恶之恶、个人之恶、动物性，更加无情、残暴、一发而不可收拾。

守住孤独，孤独是自由的温度，照亮横跨善与恶的均衡之路。

世纪

病

世纪病

迷失的一夜（Une Soireé perdue）

那一晚，我独自在法兰西剧院[1]，差不多就我一人；剧作家算不上成功。我说的就是莫里哀，曾创造了无人不晓的二货人物 Alceste[2]，却不懂挑逗灵魂的精巧艺术，不会奉上烹饪精美的大结局。承蒙上帝的恩赐，我们的作家们已改良了技巧，我们偏好时髦的戏剧，情节纠结花哨，像一个字谜，似缠绕在第一共和国[3]骑兵军帽上的花饰。

---

[1] 法兰西剧院（le Théâtre Français）：应指法兰西戏剧院，位于巴黎右岸的杜乐丽公园（Jardin des Tuileries）边。

[2] Alceste：阿尔西斯特，莫里哀作品《愤世者》中主角。

[3] 法兰西第一共和国：1792年9月22日，新选议会即国民公会开幕。国民公会通过废除君主制的议案，宣布成立法兰西共和国，史称为法兰西第一共和国。1804年5月为拿破仑建立的"法兰西第一帝国"所替代。

而我情愿倾听那简捷的和声,就像高超的理性通过天才之口侃侃而谈。我敬慕那对刺人的真理的热爱,与他那自信的天真,对世间事物伟大的真知,雄壮激昂的快乐,又那么悲伤而深刻,让人刚刚笑过,就止不住眼泪垂落!我自问:"光敬慕够吗?偶尔来一晚,听一听灵魂深处大自然的哭号,拭去一滴泪,回身走掉——无论如何,完全不为所动——这样够吗?"

一边深陷这白日梦中,一边两眼在剧院里楚摸,我一眼看到面前一抹纤细可人的粉颈,半掩在乌黑的发辫下,轻松地保持着平衡。看着这嵌在象牙中的黑檀,安德烈·舍尼埃[1]的一段诗在我记忆里回响,那是一首不为人知的歌谣,未完成的叠句,像偶遇一样新鲜,被梦捉到,尚未诉诸笔端。站在莫里哀面前,我胆敢记起这首诗篇;我确信,他伟大的身影,并不感到冒犯;我一边倾听,一边低声吟哦,瞧那女孩儿,大约猜不出我的心声:"可爱的头颅低垂,白皙的纤颈弯弯,盖住白雪的光焰。"

我转而想到(思绪就这样飘来飘去),我们丢下

---

[1] 安德烈·舍尼埃(André Chénier)(1762—1794):十八世纪法国上承古典主义、下启浪漫主义的诗人、作家、记者,影响了一代法国诗人,受普希金推崇。政治上主张君主立宪,被罗伯斯比尔政权处以极刑。三天后,罗伯斯比尔自己也走向了断头台。

古朴的真诚、微妙的情思、嘲讽的精神，说到底会让人觉得，我们失落了真心；围绕在莫里哀身旁的孤独，让人不堪悲伤与羞愧；如歌中高唱，是时候了，摆脱这个世纪，或以理性将其折服；不然我们何以与其匹敌，这深陷泥潭的舞台、缪斯跌入的骇人羞耻？畏惧束缚了我们，傻瓜们到处宣扬，古老的太阳下面，有啥新鲜事没被做完；就像人类家庭的失误，不会每天都更新、每周都重复。我们的世纪，自有它的气质，也自有它的真理；敢于发言的人，总会有听众。

啊！我将敢于发言，仿佛我自信能出口成章，我将敢于重拾讽刺的鞭子，身披黑衣，那个佩戴青色饰带的男子，曾因蹩脚的诗句而恼火。假如他回到今日的巴黎，这伟大的都市，他将看到更多东西，能点着他的怒火，何止一个恶毒的妇人，与一首差劲的商籁；我们还有其它货色要丢进阴沟。噢，我们众人的大师！如果你的墓门已经阖上，就让我，在你骨灰上复燃的一个瞬间，寻找一颗花火，我将以你为楷模！请教给我你的口吻，从他无畏的嘴中，道出真理，那是你唯一狂热的追求。天才已逝，为让世人听到我，我将拾起他的勇气与愤怒！

就这样我摩挲着这痴颠的幻想。在我面前，她母亲身旁，一直坐着那女孩儿，长长的黑色发辫下一抹纤细白皙的粉颈，轻柔地摇晃着。戏演完，不知芳名的迷人女孩儿站起身来。美丽的纤颈，半裸的香肩，掩在纱巾后面；小手儿在手笼里滑动；直到我眼看她消失在她家门后，我恍然醒悟，原来我一路将她尾随。

唉，我亲爱的朋友，这就是我的全部生活。当我的精神寻觅它的意志，我的肉体也自作主张、尾随尤物；而当我一梦醒来，只留下那温柔的镜像："可爱的头颅低垂，白皙的纤颈弯弯，盖住白雪的光焰。"

缪塞（Alfred de Musset）（1810—1857）

+

世纪，不仅是划分物理时间的刻度，也是划分心理时间的刻度。

经历过启蒙运动与大革命，人们怀着对新世纪热烈的渴望与期待。而现实是，狂飙停息，复辟到来，威权与金钱结盟，笼罩在人们头上。像任何欲望膨胀、思想停滞的时代一样，十九世纪初年，变做一个令人窒息的虚掷的暗夜。敏感的年轻的心，如被"新世纪"抛弃的孤儿，分不清曦光与暮色。一个时代染病。

在染病的时代，文学、戏剧乃至艺术的种种分野，主流与暗流，分道涌动。主流，或称主旋律，成了"挑逗灵魂的精巧艺术"、配有"烹饪精美的大结局"，"作家们已改良了技巧"，人们"偏好时髦的戏剧，情节纠结花哨，像一个字谜，似缠绕在第一共和国骑兵军帽上的花饰"。一个停滞不前的时代腐朽，与它的空洞与虚饰等量齐观。

众人中"世纪儿"那颗孤独的心灵，溯暗流而上，寻找古典与启蒙时代的楷模——那如今在剧院中显得如此笨拙的家伙莫里哀，就像两百年后被赶出教科书的鲁迅。莫里哀、鲁迅，热爱着真理，像一把刀子，"它要穿过你的嘴去吻你的肺"[1]。环顾四周，人们忘了亦笑亦泪的感觉，"无论如何，完全不为所动"。

在没有英雄的时代，敏感的年轻的心，在众人眼里，是一个精神分裂的病人。他说："当我的精神寻觅它的意志，我的肉体也自作主张、尾随尤物。"精神与肉体分离，因为精神过于孤独；通过相同的肉体，人们试图抵达不同的目的地。世纪的孤儿，在肉欲中放逐自己，穿过"温柔的镜像"，寻找慰藉并接近真理。

---

[1] 崔健《像一把刀子》

多年前,一个诗人曾唱到,"可爱的头颅低垂,白皙的纤颈弯弯,盖住白雪的光焰",然后走上大革命的断头台,为迎接新世纪,引颈付出了代价。

旅行

——

征服

远方
是稍纵即逝的幻象

旅行（致马克西姆·杜坎普[1]）（Le Voyage）

一

对喜欢地图与版画的孩子来说，宇宙与他巨大的胃口一个尺寸。啊！灯光下，世界看起来如此之大！在回忆的眼底，又如此之小！

我们在某一个早上出发，脑子里激情燃烧，心中充满积怨与苦涩的渴望，我们出发，跟着水浪的节拍，将无限在海的有限之上铺开。

有些人，为逃离声名狼藉的故园而庆幸，其他人，

---

[1] 马克西姆·杜坎普（Maxime du Camp, 1822—1894）：法国作家与摄影家。年轻时依靠家产，沉溺于旅行，曾与福楼拜结伴出游。他的旅行游记是最早一批配有图片的书籍。死后葬于蒙马特公墓。

充满对摇篮的恐惧,还有人,那淹死在一个女人眼底的占星师,是为了不被手持毒香水的残暴女巫,变成愚蠢的禽兽,他们在空间、光线、火一样燃烧的天空中沉醉;刺骨的严寒,将皮肤烤成古铜色的日光,慢慢抹去热吻的痕迹。

不过,真正的旅人,是那些为出发而出发的孤魂;心,像气球一样轻快,他们从不偏离宿命半步,也不知为了什么,他们一直说:出发吧!

他们的渴望,有云一般的形状,像新兵梦见大炮,他们在梦中获得满足,巨大、变幻、陌生的快乐,其精髓无以名状!

二

我们以他们为榜样,可怕!像陀螺和弹球,旋转飞舞、跳跃;如在梦里,好奇心挑逗我们,让我们围着圈儿打转,像残酷的天使,手持皮鞭,抽打一座座圣体架。

在奇特的命运里,目标漂移不定,不知在哪儿,可能在哪儿也无所谓!而人啊人,像被自己的憧憬一刻不停地逼着,为了找到片刻休憩而整日疯跑!

我们的灵魂,像一艘三桅船,寻找它的乌托

邦[1]；甲板上一个声音大叫："睁眼看啊！"桅楼上一个声音，热情而疯狂，大呼："爱情……荣耀……欢乐！"下地狱吧！原来是个岛礁！了望塔上水手指引的每个小岛，都是一座命运许诺的金山[2]。筹办欢宴的想象力，在晨光下只发现了礁石。

噢，这个沉迷于幻想国度的可怜家伙！我们要把他锁上铁链，投下大海，这迷醉的水手，亚美力加的发明者，他的幻想让深渊更让人难以接受！就像一个老盲流，一边在淤泥里顿足，一边还向天空翘着鼻子，幻想着天堂；蜡烛照亮陋室破屋的地方，他着魔的双眼都能发现温柔富贵之乡[3]。

三

让人目瞪口呆的旅行家们啊！在你们深如大海的眼底，我们读出了多么伟大的经历！向我们展示下你们装满丰富记忆的宝匣吧，那些用星辰与太息制成的最精美的珍奇。有了它们，我们就能出行，不靠蒸汽、

---

[1] 乌托邦（原文为 Icarie）：政治理论家、乌托邦社会主义者 Etienne Cabet 基于基督教共产主义原则建立的理想城市。

[2] 金山（原文为 Eldorado）：传说中南美洲铺满黄金之地。

[3] 温柔富贵之乡（原文为 Capoue）：一座意大利城市。

不靠风帆。为给我们牢狱般的厌倦带来一丝生气,请将你们以海平线做边框的记忆,像一袭画布般在我们头上拉开。说,你们见识过什么?

四

"我们见识过群星与海浪;

"我们见识过沙丘;嗯,虽然不乏惊诧与无法预知的灾难,我们还是时常感到厌倦,就像在这儿。

"紫色海面折射的太阳光芒,落日里城镇流溢的光彩,在我们心中燃起不安分的激情,天空的倒影如此诱人,我们多想跃身其中。

"最富裕的城市,最广袤的景致,也无法比拟云在机缘手上的幻化,那样诱人而神秘。而欲望让我们终日焦虑!

"——满足平添欲望的强度。欲望,这棵快感浇灌的大树,你的老皮越变越厚、越变越硬,你的枝干渴望接近太阳。你不停生长,比松柏更长命。

"——而我们,小心翼翼,为你贪得无厌的相册收集图片,你这觉得美即远方的兄弟!我们曾致敬,向着长牙如象的神像;向着缀满璀璨珠宝的王座;向着雕梁画栋的宫殿,那童话般的霞彩,化成银行家们摇摇欲坠的美梦;向着让两眼迷离的华服;向着牙齿与指甲如黛的美人;还有毒蛇绕身的神通广大的卖艺者。"

五

后来,后来呢?

六

"噢,孩子般的见识!

"别忘了至关重要的一点,就是我们随处都能见到,甚至无须刻意寻找,从宿命天阶的顶点到底层,那永恒罪孽构成的恼人画面:

"女人,低贱的奴婢,傲慢而愚蠢,不苟言笑,自我膜拜,不知厌烦地孤芳自赏;男人,饕餮一样的暴君,好色,皮厚,贪婪,奴隶的奴隶,下水道里的沟渠。

"满足的刽子手;抽泣的殉道者;以鲜血做调料与香精的欢宴;令权贵躁动的权力毒药;在皮鞭下上瘾的人们;

"形形色色的宗教,与我们的信仰半斤八两,攀爬天阶；向着圣地，像一个敏感挑剔的主儿，在羽绒床榻上的钉子与马鬃间翻滚，寻觅着满足；

"人类夸夸其谈，痴迷于自身的天才，一如既往地疯癫，在忿怒中向上帝吼叫：'噢，我的同类、噢，我的主人，我把你诅咒！'

"蠢得轻些的人们，是错乱神经的忠实情人，逃离宿命为信众标出的圈栏，隐身在漫天无边的鸦片！

"——以上便是全球考察报告。"

七

苦涩的收获，我们从旅行中习得的知识！世界，单调而渺小，今天、昨天、明天、每一天，让我们看清自己的模样：在厌倦的沙漠中一片惶恐的绿洲！

该出发，还是留下？如果能，就留下；出发，如果一定要上路。有人跑，有人蜷身，为了骗过警觉而致命的敌人，时间！

唉，那些一刻不懈的行者，像流亡的犹太人与圣徒，什么车船都不足以让他们摆脱那手持捕网的杀手；而有人却知道，如何不离摇篮半步，就能置时间于死地。

当时间的脚终于踩住我们的脊柱，我们仍能期冀并高呼：向前！就像当初，我们向中国进发，双眼盯着海平线，任头发向风飞舞。

我们在幽暗的海上启程，心如一个新手般激动，你听听这些高歌的声音，如悲吟令人心动："来这儿吧！想品味香喷喷莲藕的人们！在这里，人们采下心中所渴望的奇花异果；来吧，在这无边无岸的午后，沉醉在异域情调的甜蜜里！"

凭借熟悉的声音，我们猜出了幽灵的身份，携带神谕的兄弟[1]，从远方向我们伸开双臂。"为了平复你的心，游向你的宿命的姊妹[2]！"喊话的，正是我们曾亲过她双膝的那位。

八

噢，死亡，老船长，是时候了！起锚吧！我们厌倦了这个国度，噢，死亡！让我们起航！就算天空和大海漆黑如墨，你知道我们的心中阳光灿烂！给我们灌一口你的膏药，让我们舒坦、舒坦！脑子里的烈焰，让我们想纵身跳入深渊，管它地狱天堂，是什么又有

---

[1] 兄弟（原文为 Pylades）：彼拉德斯，希腊神话中人物，俄瑞斯忒的好友，说服后者完成替父阿伽门农报仇的大业，代表上天或宿命的鼓励。

[2] 姊妹（原文为 Electre）：厄勒克特，希腊神话人物，俄瑞斯忒之妹。

何干?在未知尽头,寻找新意!

波德莱尔(Charles Baudelaire)(1821—1867)

海风(Brise marine)

  这肉身感到悲伤,唉!再说,我已遍览群书。逃吧!逃到远方!我感到那些鸟,在无名的泡沫与重重天宇之间,醉了!什么都不能,哪怕眼底的古雅庭苑,也留不住这颗心,要把自己浸入大海,噢!夜以继夜!落在空纸上的孤灯残影,靠纸的清白守卫,留不住;给孩子哺乳的年轻母亲,留不住。我要出发!蒸汽船摇动桅杆,起锚,向着神奇的国度!

  一种大写的厌倦,受尽残酷的希望折磨,仍笃信挥舞手帕的至高无上的告别!嗯,也许,这些邀请风暴的桅杆,就是被海风在沉船上压弯的那种,迷失的沉船,没有桅杆、没有桅杆,也没有富饶的小岛……可,噢,我的心,正听到水手的歌谣!

马拉美(Stephane Mallarme)(1842—1898)

+

旅行是一个现代现象。工业革命与城镇化，将你从居住和生活的自然环境，第一次拔离。从开始生活在人造环境的那一天起，你将目光隔着田野、河流、海洋，投向远方。自然因为距离，成为了审美、想象、歌颂的对象。

工业革命，为你带来了远航与远行的工具，世界一下子变小，如波德莱尔所说"对喜欢地图与版画的孩子来说，宇宙与他巨大的胃口一个尺寸。"世界在眼里似乎唾手可得，这种错觉助燃了征服远方的野心。

你为什么旅行？因为你体内那比大海更加无垠的欲望！对超越的渴望，从你意识到自身的局限以来，一直都有。从这个意义上讲，现代旅行为实现这种超越，提供了新的剧本和更为变动不居的场景。

数百年来，有些人为逃避饥荒、逃避迫害、逃离声名狼藉的旧世界而庆幸。也许，离开只是出于对故园一种下意识的恐惧，就像你少年时总要做逃家、逃学的梦。当然，还有人为爱疯狂、被爱伤害的心，在被烧成一片焦土前，试图飞越灵与肉的浩劫。

波德莱尔说，真正的旅人，为出发而出发。也许，真正的旅人，就是每个人心中对远方的渴望。"为出发而出发"，是对投身无尽旅程的种种理由、借口、场景的"提炼"。现代手段，缩小了世界的场景，降低了出游的门槛，使重复旅行成为可能，中世纪远游所携带的使命感被化解，功利性降低，目的更为纯粹——为出发而出发。

远方有什么？远方有乌托邦、金山、温柔富贵之乡、亚美力加、爱情、荣耀、欢乐，还有明天的太阳……其实，远方是暗礁、险滩、淤泥、陋室。明天的太阳，不过是被天使抽打的圣体架。远方是虚无的，目标漂移不定，旅途上充满倾覆的危险。如日中天的，可能只是教士用来引领盲目信众的道具。

在世界微缩的场景里，远行变做宿命戏剧的反复排练。你终将看到，终极目的，不过是阶段性目标。实情是，什么也填不饱厌倦的肚子，每次餍足只能让欲望的胃口更大。

所谓"美，即远方"，一切宏观叙事，让你更加盲目，难逃重重罪孽的浮世绘。形形色色的信仰和宗教，彼此之间半斤八两。你沉溺在罪人和受害者的双重角色中，用自己的血肉和精神，供养教士、国王和刽子手。

也许，漂泊本身，才是你的命运。时间把你的生命旅程偶然展开，又随机地阖上。一生中，人们螳螂捕蝉，时间黄雀在后。一生的愿望，是当时间将你踢翻在地，再不能动弹时，你能说：虽然从未到达，但我出发过、走过、活过。摆脱原罪，与时间搏杀，为征服徒劳地战斗——出发、向前、行动。新意、新知、新生，藏在向着未知的远行之中。

补记

从航海铁路时代，进入航空航天时代，从电报电话时代，进入视频互联网时代，日行千里提速到日行万里，洲际旅行再难刺激旅行者的胃口，世界缩小为一个村庄的尺寸，卫星被征服，行星与恒星际旅行提上国家与个人的日程，"地图与版画"，标有百亿光年的比例尺。

对大多数人来说，旅行所代表的宏大意义被进一步降解，旅行变做通勤、参加外省与外国一个会议、提供可计量享乐的标准商品，加剧着你肉体和精神的肥胖。

可是，在时空征服者的骄傲与工具崇拜之间、在日常生活的惯性和厌倦里，在远方、在你身边乃至体内，仍隐藏着大片黑暗的疆域，你从未抵达或真正了解。

也许，只有通过人类集体的失败经验，才能期望无限接近那条不断延展的边界。2014年3月8日凌晨，MH370如一枚或然的花火，带着我们的无助、悲伤与祈愿，消失在智慧、知识、经验尚未照亮的前方。

征服越容易
越难守持内心的渴望

悲歌:关于某些错位的时间

(Complainte sur certains temps déplacés)

夕阳滴血,像屠夫的围裙一样脏;噢!他还想把我活剥!——此刻如身在一处驿站!这让心渴望远行,向着千首葡萄牙航海之歌[1]扬帆!管什么婚礼邀请,向着东方的港口仓库、住着嚼烟草土著的群岛航行!

---

[1] 指 Os Lusiades:葡萄牙诗人 Luis de Camoes(1524—1580)创作的一首抒情长诗,想象并追述十五至十六世纪间葡萄牙在航海大发现时代所取得的伟绩,被视为民族史诗。Luis de Camoes 对葡萄牙语文学影响至深,地位堪比荷马、维吉尔、但丁、莎士比亚。

我永不需冒险；巴黎环城铁路[1]，在大自然的怀抱里，多么小巧！——看，公共饮水池管理员！他吹着高卢王（尽人皆知）的曲调；噢！海上四月的清晨！——风贴着大地劲吹，想让它安静，怎么可能！啊！以上天的名义，充满悲情！

　　——夕阳如传说中，侍卫的胸铠，我抓住不放，双臂摇晃；不过你们评评，这对我是否重要，月光下我徜徉在威尼斯堡礁之间的清梦。——没错！生活是给游手好闲之辈过的；谁在体内感应到上帝，谁就将它发酵，一言不发。忧郁的方尖碑，在我心里升起。如端坐塔上的修行者[2]，我消化着这巨大的奥秘。

拉弗格（Jules Laforgue）（1860—1887）

+

　　当你面对夕阳，时间被悬置，夕阳与夕阳带来的

---

[1] 巴黎环城铁路（法语为 Ligne de Petite Ceinture）：环绕巴黎一周的复线铁路线，全长 32 公里，于 1852 年开始修建，1862 年建成通车。1900 年之后，随着巴黎地铁各条线路的先后开通，环城铁路的客流量逐渐下降。自 1934 年 4 月 1 日起，环城铁路客运服务正式停止。环城铁路上的货运列车在 20 世纪 90 年代初最后停运。

[2] 原文为 Stylite：指坐在柱头的修行者。

追忆和想象，经过心与眼双重曝光。

十九世纪八十年代的某一个夕阳，在来自蒙得维的亚的年轻诗人[1]眼中，像一个嗜血的屠夫，势将青春大梦的皮活活剥下。此时此刻，一颗驿动的心，向往回到大航海英雄时代，向着传说中富庶的东方、向着荒蛮的海岛进发。

远征的号角——不——那不过是公共饮水池管理员在吹着口哨，提醒他，这壮丽的景色，不过是他舒适地乘坐巴黎环城铁路时，夕阳激发的一连串想象。

在后工业化，你不需去经受大自然的任何考验，只要跟随日报上对第三共和国全球殖民的报道，你就能决胜万里、征服世界。远征，在你胸中召唤出青春激情，却让你在这个越来越"容易"的时代里，像一个踯躅末路的夕阳武士。生活是为给街上游手好闲之辈所打造、铺设。种种梦想，变做在第一次全球化浪潮中唾手可得的选项，冒险、牺牲、宗教精神正变得

---

[1] 拉弗格：这位生活了 27 年的年轻诗人，按庞德的说法终结了法语文学的十九世纪，按艾略特的说法启发了他的《荒原》。他曾为德国末代皇帝威廉二世的祖母每天朗诵两个钟头的法语诗歌、小说、报纸。除了那段生活，他一生贫困，死于肺痨。这位开创了自由体诗（vers libre）的诗人，与洛特雷阿蒙和苏佩维埃拉一样出生在乌拉圭首都蒙得维的亚，让人不得不觉得，法语诗歌对现实主义的超越里，除了巴黎的忧郁（波德莱尔）、夏勒维尔的冻雨（兰波），应注入过一支拉丁狂热的血脉。

过时、多余甚至可笑!

　　这是一个不再需要英雄的时代,一切按既定轨道周而复始、循环往复,如封闭的环城铁路。对敏感的心来说,这也是一个时空错位、令人头晕目眩的时代。

　　也许,眩晕过后,面对单调乏味的生活,能保持敏感与激情,守护塔尖修士般的孤独,借在更深广的尺度下探索而使内心变得更加明澈而坚韧,才是你"消化""这巨大的奥秘"的新的方式。

远岸是旅程中
每一个寒冷而苦涩的时刻

叙事歌（Ballade）

　　提尔的贩子与如今乘巨大机械化幻像往来海上的商贾，此刻已望不见的手臂所舞动的手帕与海鸥翅膀并排陪伴的人们，不甘于家乡的葡园与田野的人们，对亚美力加自有想法的先生，不断出发而尚未抵达的人们，给这所有距离的饕餮，此刻就端上一道苦海，你猜他们可会餍足？他们一旦张口开始，便难放下手中杯：到底尚需时日，不妨一试：

　　只有第一口难以下咽。

　　……

四下里只有海水，升起又落下！够了，这心上的不断的芒刺！够了，这点点滴滴的日子！只有这不尽的海水，只要这一击！海，我们被抛入其中！

只是第一口难以下咽。

克洛岱尔（Paul Claudel）（1868—1955）

+

生命旅行，看似跨过存在的大海，从一个意义之岛到达另一个意义之岛。你为了远行，不惜抛下既得的一切，不惜忍受旅程之苦，敢于承担被黑暗之海吞没的危险，付出肉体受难、精神历险的代价。

克洛岱尔说，不要耽于远方，你喂不饱距离的饕餮。在现实之海里，每一颗细小的水滴，虽然寒冷苦涩，都藏着你所期待的彼岸的一小部分。拥抱现实，融入生活，在每一刻的绝望里提炼希望。寒冷苦涩的海水，"只是第一口难以下咽"。

人一旦出发
即没有归路

跌跌撞撞(Stumbling)

  这片广袤的故土是何地,今夜又是何时?他边走边看,环顾四周、寻遍世间,在他诞生之地。
  家国只是一个瞬间,空间里的分分秒秒,在他诞生之地。
  他上路,星星环绕手指,足蹬勇气。
  对他来说,万物没有终点。
  明天是一座城市,比其它城市更红亮、更美丽。在那里,出发即到达,休止是坟墓。
  地平线闪耀,如一根钢筋,如一根线,为不停下,必须切断。
  刀子被造出是为了切割、枪为了杀戮、眼睛为了注视、人为了行走,而大地浑圆、浑圆,像头、像欲望。

确有一些美妙的事物，花朵、树木，不肖说，还有昆虫。

但这些我们都知道、见过、够了。

在那里，我们不知道。

右手攥一根木棍，左手空空，除了一丝凉风，有时夹一根香烟，在他心里，欲望像一口钟。

而我到了，我听、我等，一记电话、一只纸质墨水瓶，我听、我等、我服从。

太阳每天在沉默中落下，我慢慢变老、不知不觉，一幅风景对我足矣，我倾听、我服从，我说一个词、船起锚，一个数字、火车走远。

这无关紧要，既然火车明天返程，巨大的信号台已发出信号，通知我另一艘汽轮抵达，我聆听电缆另一端的海，一个友人的声音，相隔数公里之外。

那是大写的他——我是空气之友、白色大河之友、血液之友、大地之友，我了解、我触摸，我能把他们攥在手中。

只有出发，在夜里、在清晨。

只有第一步，可能艰难、有些沉重。

只有天空，只有风。

只有我的心，万事我待。

他出发，扣眼儿里别着一朵花，招手示意。

他说再会、再会，可是他撒谎，他永不回归。

苏波（Philippe Soupault）（1897—1990）

+

苏波说：看，那是人的背影。从上帝手里挣出，一个人每天一个台阶，每刻一步，跌跌撞撞向前。

出生的一刻，即被荒凉的感觉包围：这是哪儿？这是什么时候？这就是家，诞生之地。

时间为空间命名，空间是时间的形式。家、国，是一秒钟的存在。明天，永远是一座更光明、更美丽的城市。

世界广大，一望无际。在星光下，只能以勇气做鞋，出发、向前。意义，只在于出发。任何停歇，都等于行将就木。行动，像一把刀子、一杆枪、睁大的眼睛，用行动去切割与跨越地平线。行走，大地有与头颅一样的弧线，在行走中世界被创造出来，万物生于行走的愿望和想象。

在路上，你经历着"美妙的事物"，更多的是无知、困惑、了无回应的欲望。你等待来自远方的呼应、问候，在你笔下的世界里，远行的船与火车，按时回归。你期待服从于一个秩序和谐、有灵有情的世界——一个永恒不变、给你安慰的愿景。在那里，爱、友情、大写的"他"——"祂"——构成你与万物的联系。

不过，这是一个谎言：一旦出发、没有归路。不舍昼夜，只有出发，只有天空，只有风，只有沉重的第一步，只有你的心，只有等待你的一切，只有与你一起出发的一朵小花。

带上我
视死如归的旅程

带上我（Emportez-moi）

  快帆船带上我，古老轻柔的快帆船。从船头，如果愿意，在浪花里，远远、远远地抛下我。

  在另一世的马车上，在天鹅绒般魅惑的雪中，在群狗的哈气里，在一团疲惫的落叶间。

  带上我，不要打碎我，在亲吻的唇间，在喘息中浮起的胸膛里，在掌心的软毯和他们的笑声上，在长骨和关节的走廊中。

  带上我，或不如埋葬我。

米肖（Henri Michaux）（1899—1984）

对米肖来说，人生是一次远行——一次寻找并发掘自身全部潜能的长征。诗人愿乘快船，航行到远海，宁可被在远方抛下。诗人愿乘马车，驰过不同的时代、季节、梦境。诗人愿长久地探索身体所有外在和内在的秘密。生，就要在寻找的路上，不然不如死去。

城市

彩画

逃离
故乡小镇

致音乐（夏勒维尔市[1]站前广场）（A la Musique）

　　广场被剪裁成一块块小里小气的草坪，这里一切都中规中矩，不管是树还是花草。热浪里有产阶级喘着粗气，每到周四晚上，全体出动，带着小里小气的傻劲儿来到这里。

　　花园中心，军乐队一边演奏《短笛华尔兹》，筒状军帽下的脑袋一边打着鼓点儿：围观的人群，在前几排遛着时髦男青年；公证官挂着配有数字装饰的表链。戴夹鼻眼镜的食利阶层人士，一一指出乐团在哪里走调儿：充了气似的胖官僚手牵胖夫人，身边围着

---

[1] 夏勒维尔（法语 Charleville）：法国北方小城，兰波 1854 年诞生于此，1870 年离开。

驯象师一样殷勤的女随从们，荷花似的裙摆跟广告牌一样斑斓。绿色长椅上，退休杂货商用包头儿拐杖拨弄沙土，神色凝重地谈论贸易条约，吸一口银烟盒里的烟丝，重拾话头："总之！……"浑圆的肥腰压在长椅上，一个穿戴发光纽扣、挺着佛拉芒[1]将军肚的有产者，品着烟丝溢出的奥南[2]烟斗——您懂得，问题出在私货；——沿绿色草坪小流氓们呵呵坏笑；被长号魅惑的新兵蛋子们，乳臭未干、嗅着玫瑰，逗弄着娃娃，为了勾引他们的保姆……

我嘛，穿得像个不修边幅的大学生，那站在绿色果树下唧唧喳喳的小妞们：她们精通此道；朝着我回头媚笑，眼里充满轻浮的暗示。我一声不出：盯着她们掩在飘舞的发卷儿里的白嫩颈子，我的眼睛钻到短衫与薄脆的饰物下，跟踪弯弯的香肩下天仙般的背脊。不时，我已觅到了短靴、长筒袜……我拼凑出她们的胴体，欲火上身。她们肯定觉得我怪里怪气，交头接

---

[1] 佛拉芒（法语 flamand）：与佛兰德地区相关。佛兰德，欧洲历史地名。位于西欧低地西部、北海沿岸，包括今比利时的东佛兰德省和西佛兰德省、法国的加来海峡省和北方省、荷兰的泽兰省。

[2] 奥南（法语 Onnaing）：法国北部 - 加来海峡大区诺尔省的一个市镇。

耳……而我粗蛮的欲望，纠缠住她们的香唇……

兰波（Arthur Rimbaud）（1854—1891）

+

兰波的夏勒维尔，贾樟柯的汾阳，工业化时代崛起的大国中的外省小城。那是两个文学青年的诞生之地，也是他们用一生逃离的地方。1870年，兰波从家乡出走。二十世纪九十年代初，贾樟柯与他的汾阳挥别。

乍看下，兰波出发的城镇，是贾樟柯的故乡在他逃离后变成的模样，彼此隔着130年到150年的距离：

+ 夏勒维尔站前广场——汾阳市政府广场
+ 中规中矩、剪裁小气的草坪——灰烬覆盖、插着几棵钢制或塑料树木的花坛
+ 军乐队表演——广场舞
+ 为"看到"更为"被看到"而来的围观者——"布朗运动"中的城乡人群
+ 小阿飞——二流子

仔细看,这两座外省城镇之间,仍有许多差异。直到兰波从夏勒维尔的火车站逃离110年后,二十世纪八十年代,贾樟柯与他的伙伴们还在等待火车的到来,站台是一首流行歌里寤寐求之的主题。

每周围聚在夏勒维尔站前广场的人群,主体是有产阶层、食利者、公务员、商人。今天的汾阳,一座这个国度里的三级城市,市中心广场上每晚迎来身份模糊的我们——你脱离了土地,在这个身体发育为城镇而精神留在乡村的地方,动用上下三代的积蓄,首付一个租期七十年的房契,然后在广场四周、在观景大道或商业大街两侧的黑暗里,等待城市设施被一次次建成、拆除、重建。只在节庆之夜,官员们才会偶然出没,与民同庆。而成功人士及他们的伙伴们,在广场周围的饭店或歌厅包间里出没——那是一个灯火通明的世界。

兰波的夏勒维尔——俗气得自圆其说、心安理得——是一座建立在商业传统与工业革命上的城市。在站前广场的喧闹里,肥胖的有产者在炫耀之余,间或针对政府管制发出"议政"的声音。贾樟柯的汾阳,则是流失人口的农村边缘、畸形发育的工业基地,像割裂这块土地数十年的剪刀差下尚未愈合的伤疤。在这里,你是幸存者,你张嘴轻声叹息,或为了欢呼进步。

十六岁的兰波与二十岁的贾樟柯，1870年的夏勒维尔与1990年的汾阳，带着城镇化外表、俗气与躁动，欲望多于理想主义的青春幻觉。兰波逃离的故乡，正是贾樟柯启程寻找的那座城市。

来到
现代之都

城市[1]（Ville）

　　我是一座被视为现代的都市里短暂的公民，我对它并非十分不满，因为城中建筑的外装内饰和城市布局，摆脱了全部熟悉的品味。在这里，您指不出哪还有迷信纪念物的痕迹。道德和语言，被降解到它们最简单的表达，终于！数百万城中人，不需相识，授业、劳作与终老的方式均如出一辙，跟欧陆民族疯狂的统计数据相比，这里生命的长度要短上数倍。
　　而此刻，在窗外，我看见新的幽灵，穿过燃煤浓重而永恒的烟霾——我们的树影，我们的夏夜！——新的复仇女神，在我的村舍前，那是我的故园、我心

---

[1] 指伦敦：兰波分别于 1872 年、1874 年逃至伦敦短暂生活。

所属的地方，既然这里一切都如此相似——没有眼泪的死神，我们勤勉的女儿与仆人，一位绝望的爱神，和一个在街上污泥里啼哭的漂亮的罪恶之神。

兰波（Arthur Rimbaud）（1854—1891）

+

这是十九世纪七十年代初的伦敦，被视做现代性标杆的世界都市。将它与今天的你相连的，是兰波的诗，以及一场"燃煤浓重而永恒的烟霾"。

1872年，兰波逃离被公社的血玷污的巴黎，来到曾作为拿破仑三世眼中都市楷模的伦敦。此时，由拿破仑三世钦定的巴黎改建已大功告成，而即将被巴黎的光芒掩盖的伦敦，仍令天才诗人惊讶，发出由衷的赞叹。

对兰波来说，现代是永恒的主题，而人只是一个过客。盯视伦敦，时间飞奔向前，兰波用诗歌定格其中的一刻。他感到莫名的兴奋，看到了这将传统的品味、迷信的标志一扫而空的城市。道德和语言，洗净铅华，回归本真的功能。进步的时代，对虚饰和曲折，没有耐心。

摩登时代的城市，像一台巨大的机器，效率与速度令人陶醉也令人晕眩。我变做其中一个没有面孔和姓名的部件。我与你不需相识，只要在统一的标准下，跟随既定的流程。在加速的时间里，生命看似变短，欧陆一日，英伦数年。

黑白分明的昼与夜，被雾霾永恒的灰色替代，像一道正待跨越的炼狱。伦敦的雾霾，被兰波歌唱、被印象主义画手描摹，笼罩并连结着幽灵般的你和我。如中了进步魔法的毒害，我头昏脑胀，期待与绝望在心中交替、轮换。

不过，我不再孤独，穿过时间之雾，我听到兰波的讴歌，如你看到莫奈的涂抹，在分享、歌唱、记录他们与我们心中共同的焦灼，这是何等的安慰！今日伦敦的艳阳与蓝天，也许将在明天被同样的希冀，送达你我的城市。

你看见，兰波眼前的景象——在数百万没有面孔和姓名的标准部件之间，流动着梦、欲望、爱、仇恨、羞耻心、乡愁，在对死的恐惧与超越里，一个个决绝并勉力向前的灵魂。你知道，现代性最初与最终的动力，发自每个人的灵与肉制成的马达。

游荡在春夜的
小康阶层街区

悲歌：小康社区的琴音

（Complainte des Pianos qu'on entend dans les quartiers aisés）

　　钢琴声，小康社区的钢琴声！引饱学的灵魂，在刚脱去外套的春夜，纯洁地漫游，循着那些无人理解、或已分裂的神经。

　　这儿的孩子们，在枯燥的间奏曲里，梦见了什么？
　　——"学校操场之夜，宿舍里的基督徒！
　　"你离开，留下我们；留下我们，你离开，解开又系上发辫，绣不完的图案。"

　　靓丽或茫然？悲伤或恬静？纯洁依然？噢，一日复一日，对我有什么两样？在这世间，我有何欲求？若是处子，至少，有一道纯良的伤口，记得哪些颗肥硕的夕阳，听到过至纯的告白？

我的主啊，她们梦见了什么？罗兰牌钢琴、那些蕾丝？

——"被囚禁的心，缓慢的四季！

"你离开，抛下我们：抛下我们，你离开！晦暗的修道院，苏拉米特[1]的合唱，双手捂住平平的胸脯。"

晴好的一日，暴露了存在的致命玄机？嘿，看这儿！我们这奇异街巷的流水舞会，定期培植传宗接代的种儿；啊！寄宿学校、戏院、日报、小说！

来吧，刻板的间奏曲，生活真实而罪恶。

——"窗帘拉开，人进得来？

"你离开，留下我们；留下我们，你离开，新鲜的玫瑰下，泉水流尽，真是！而他还没来……"

他终会到来！而你们这些可怜的错失的心，嫁给追悔，难逃无底洞般的考验。那些富裕而自满的灵魂，除了每日巡展名气与彩带，其它什么都装不下。

玩完？也许她们在为置办嫁妆的舅舅，绣几条

---

[1] 苏拉米特：《圣经·雅歌》中赞美的新娘。

背带?

——"永不!永不!你能明白多好!

"你离开,抛下我们;抛下我们,你离开,不过你将很快回到我们身边,治好我的心病,难道不是这样?"

啊,确实如此!理想让她们胡思乱想,包括在这小康的社区,生出放浪不羁的毒草。生活就是生活;一只盛过生命雨露的瓶子,总要循规蹈矩,灌进受洗的净水。

而且,过不了多久,再严格的间奏曲,对她们也是小菜一碟。

——"孤枕!熟捻的墙!

"你离开,留下我们;留下我们,你离开,我在一场弥撒里寿终正寝!噢,年年月月,噢,洗不尽的衣服,噢,烧不完的饭!"

拉弗格(Jules Laforgue)(1860—1887)

+

十九世纪八十年代初,二十五岁的拉弗格,在一个温暖得刚能脱下外套的春夜,穿过巴黎小康住户聚集的街区。风把阵阵琴音,从夜色中传来。那是这些摆脱了贫穷、手头宽裕、向往有产阶层生活方式乃至贵族风范的家庭中的女孩子们,在父母的监督下,在钢琴上演练间奏曲。

循着"或已分裂"的神经,拉弗格嗓子里发出多重的声音——叙事、诘问、应答、抒情、辨析、嘲讽、感怀。从诗人的独白开始,到诗人提问,再到孩子们的回答,落在一首听似久远却内容永新的歌谣。循环往复,无休无止,像没有出口的轮回。

应答之间,你听到中世纪的回声。修道院中,女孩子们有结不完的发辫、绣不完的图案、做不完的告解,在四季缓慢而有序的行进中,姊妹们被塑造成胸脯平平、圣女般的理想新娘。纯良的伤口,喂肥了擅于借助沉默来显示权威的夕阳,像神甫与学院校长那些肥硕而苍白的面孔。

继而,现实的意象闯入,中世纪的回声变调。在晴日下,你看到:披上新装的街区里,一场没有停歇的无尽宴饮,像一条"定期培植传宗接代的种儿"的流水线。与"寄宿学校、戏院、日报、小说"的课程一道,学弹钢琴是为了包装一个适合当代口味的新娘。当然,嫁妆一个子儿也不能少。

相亲舞会上，歌谣里那扇为情人偷偷打开的窗子被关上，浪漫如一次例行的怀春迅速降温。命运被决定，与庸常的一生定亲。等待姊妹们的，是每日巡展富裕而自足的灵魂，并被虚妄的白日梦不断咬啮。为不曾如幻想中的私奔而生发出的余恨，类似精神瘙痒，是这些小康社区里疯长的毒草。纯洁得足以为精神消毒的水，将冲净盛过生命雨露的瓶子。

生活像一支刻板而严格的间奏曲，被反复练习、演奏，指尖的热度在既定的起承转合之消磨殆尽。生命从受洗开始，结束于一场弥撒，中间是"洗不尽的衣服"与"做不完的饭"。灵魂是物质的奴隶，宗教与道德是挂在脖子上的一块铭牌、脸上的黥刺，让你无处可逃。

穿过
作为炼狱与熔炉的工厂带

工厂（Les Usines）

  在沉郁的市郊，在市郊悲戚的泪雨中，沿着夜与暗影的运河两岸，工厂与作坊到处可怕地轰鸣，碎窗的眼睛隔河对望，映在没入远方的运河里，沥青与硝石的水面上。

  矩形的花岗岩建筑，砖垒的纪念碑，乌黑的墙绵延数里，穿过市郊。插满钢筋与避雷针的屋顶上空，烟囱在雾中隐现。市郊处处，对称的黑洞洞的眼睛彼此相望，工厂与作坊日夜轰鸣，无休无止。

  噢，被雨锈蚀的街区以及那里的大街！女人们与她们刺眼的褴褛衣衫，小广场上骨疡般的石膏和炉渣中间，开着一朵惨白的腐烂的花。

  街角，酒馆开着门：锡器、铜器、骇人的镜子、乌木橱柜、尺寸出奇的酒瓶，从街沿儿就能被烧酒的亮光晃到双眼。柜台上，金字塔般堆着的银币间，酒斗忽而一闪，酒鬼们站着，肥大的舌头舔着金色淡啤酒与黄玉色威士忌，一句话都赶不上说。

在沉郁的市郊，在市郊悲戚的泪雨中，在混乱阴暗的周遭，仇恨在人与人、户与户之间蔓延，还有贫民区的盗窃案件。在天井深处，总听见沉闷的喘息与低鸣，从鳞次栉比的工厂与作坊传来。

这里，巨大的屋顶下，窗玻璃一闪一闪，蒸汽被压缩、被囚禁：钢颌咬啮，喷云吐雾。壮伟的钢锤，敲击砧板上的金块，狂躁到扭曲的熔炉被人驯服，熔铁在炉内熠熠闪亮。那里，织机灵敏细致的手指，用轻细如丝的棉线，低声轻巧地纺布。皮质运送带，从一头到另一头，横穿车间，巨大而狂野的飞轮转动，如风车的桨叶在狂风中。院子里吝啬的阳光，穿过通风口油腻而潮湿的方窗，齐刷刷地扫过每道工序。沉默的工人们，机械而仔细地操作着工厂的运行，伴着它震响全世界的嘀嗒声，在狂热中沸腾，以执拗的钢牙捣碎被淹没的人声。

再远些，雷鸣般震耳欲聋的喧嚣，一团团从阴影中升起。噪音之墙一下子坍倒，陷入一潭沉寂，切断狂暴之势。正当此时，刺耳的汽笛与哀鸣的信号灯，突然对着灯笼嚎叫,看它向着云层举起那金色树丛般野性的火焰。

环绕四周,被一圈夜色中的建筑围绕,码头、港口、桥梁、灯塔、吵吵嚷嚷的车站。更远处,看得见更多工厂的屋顶、熔槽、锻炉、巨型石脑油与树脂蒸罐,群魔狂舞的火光,不时向天空吐着火舌、仰头鸣吠、张口狂咬。在市郊,沿着伸向远方的运河、穿过无边的悲惨景象,黑暗的街巷、石铺的大路,鳞次栉比的工厂与作坊,不断沉重地轰鸣,日日夜夜,一刻不停。

黎明抹净盖满烟灰的方型空地;正午,可怕的太阳像个瞎子,在雾中乱闯;只有到周末的晚上,夜颓然倒在黑影里,这艰难的劳作才停下,虽然只是暂时的休止,像一只悬在砧板上的铁锤。远影,在交错的路口之间,从自燃的金色雾里浮现。

魏尔哈伦(Emile Verhaeren)(1855—1916)

+

在乡村消逝的挽歌里,魏尔哈伦看到"……夜的尽头,机器抬起它们那强悍、令人惶恐的手臂……"[1]。十九世纪末接近完成的工业化，从今天白昼般的明媚中回望，像炼狱般的漫漫前夜。

工业化，同时以"夜"与"不夜"的形象显现。你曾在其中栖身千年之久的宁静、光滑、黑暗、蒙昧、伸手不见五指的前现代之夜，被电力照明撕碎，像被揭去盖头的新娘——即将与夜狂欢、失去童贞。昼夜颠倒、黑白混淆，日落而息、日出而作的生物钟被打破，"太阳像个瞎子在雾中乱闯"。机械化轰鸣，无休无止，震耳欲聋。在这个空间里，布满充满魔力与危险的陌生"元素"：沥青、硝石、钢铁、石膏、煤渣、玻璃、蒸汽、石脑油、树脂，这些令你着迷又不知所措的非自然的、人工的、将被进一步加工、用来建筑"新世界"的原材料。城市发出"群魔狂舞的火光，不时向天空吐着火舌、仰头鸣吠、张口狂咬"，在喧嚣与魅影里，旧的秩序被挑战、嘲笑、吞没。

花岗岩与砖石建造的工厂，是新时代的"纪念碑"，被无限复制，超越教堂的高度，从市中心向四野里蔓延，沿着人造的河流，把乡间翻转，变做"市郊"。避雷针与烟囱，代替教堂尖顶，是最接近上帝的地方。"码头、港口、桥梁、灯塔、吵吵嚷嚷的车

---

[1] 见魏尔哈伦《疯人歌》。

站",是新的聚散地与地标。小广场上站着弃物般苍白的妻小,下等酒吧、咖啡店提供廉价的娱乐和短暂的麻醉,贫民窟是劳作后颓然倒在其中的黑影。然后是,工厂、工厂、工厂……

在这"不夜之夜"的梦魇景象中心,在工业化中心,生发着一股宏大而精致的力量:"这里,巨大的屋顶下,窗玻璃一闪一闪,蒸汽被压缩、被囚禁:钢颌咬啮,喷云吐雾。壮伟的钢锤,敲击砧板上的金块,狂躁到扭曲的熔炉被人驯服,熔铁在炉内熠熠闪亮。那里,织机灵敏细致的手指,用轻细如丝的棉线,低声轻巧地纺布。"被抛入工业化命运的你,似乎获得了这股力量,甚至异化为这股力量的一部分,加入它并对它操纵自如,"沉默的工人们,机械而仔细地操作着工厂的运行,伴着它震响全世界的嘀嗒声,在狂热中沸腾,以执拗的钢牙捣碎被淹没的人声。"

失去乡村、失去美,深陷工业化进程中种种不适和异化,你像砧板上一块火红柔软的金属,被时代的大锤反复锤打,在粉身碎骨的冲击和苦痛中,似乎正获得力量、韧度、效率、纪律,以及其它各样各色的新时代"适者"的品格。

在下等街区
的幽暗里

街边挤满……(Sur le trottoir tout gras…)

  街边挤满低档妓院,开着零乱的方窗,女郎们警觉地背靠贴满小广告的污秽的墙,警笛每次响起,就在胸前划个十字。有人吹着口哨,兀自快步途经……
  演奏小曲儿的酒肆,闪出一道光,照亮等待的幽灵……
  烦恼呼着热气,睡在自己的宫殿中……
  不被理解的思绪、贫困潦倒的爱意以及那些田园牧歌,长久地荡来荡去,掠过关闭的商铺和暗影……
  城墙下,亮着一盏孤灯……
  暧昧的街区里,被抛弃的小街昏暗依旧,伤了心的爱,边走边唱,全神贯注地盯着,那从夜幕被撕下的幻影……

厂棚下，强力发动机轰鸣，在四壁间回响。工人们在颤抖的玻璃窗后，点燃他们的狂欢节庆……

运河的支流，在路灯下逃逸。电弧不时摇动窄窄的银色楼梯……像海上龙卷风，桥拱升起……水闸，吱吱嘎嘎打开它落满伤痕的高大铁门，奏响河水的号角。在风中，它扭动并拱起长鬃……

我愿听它继续那伟大的、疲倦的、沁人心脾的歌声……

法尔格（Leon-Paul Fargue）（1876—1947）

+

法尔格，"巴黎的步行者"[1]，走在十九世纪末的夜幕中、二十世纪初的晨曦里。不断映入眼帘的，是都市丑陋、幽暗、不曾被歌颂的一面：声名狼藉的红灯区、酒肆、商铺，即将拆除的城墙[2]、街灯、

---

[1] 法尔格1939年诗集的名称，也是其故居铭牌上对他的介绍：诗人、巴黎的步行者。

[2] 最后一道巴黎城墙，由梯也尔修筑于1841年到1844年，周长33公里。1919年到1929年期间拆除城墙，后来沿线修筑了环城大道，为巴黎市和郊区的分界线。

灯影下摇动的楼梯，工厂、运河、水闸……诗人的心中充满了柔情与悲伤，在古典时代的宫殿里，烦恼辗转难眠，不为人知的思想、受伤的爱情、抒情牧歌，在现代幽晦不明的现实里，游荡、找寻"那从夜幕被撕下的幻影"。法尔格边走边唱，累了，站住，期待听到时代"那伟大的、疲倦的、沁人心脾的歌声"。

多么神奇的组合：一个充满温情的巴黎之子，怀抱着马拉美式"理想"，以德彪西、拉威尔印象音乐的轻盈，移步换景于现代都市之间，吸纳、喷吐着阿波利奈尔、毕加索般如梦的意象。在现代生活刺激下，分崩离析的情感、理智、道德、审美，在语言的色谱里并置。也许，只有借语言，才能把握这梦一样时代的形状。

在现代都市的圣殿
——火车站

车站（La Gare）

  伤心车站，我走遍了你所有路线。我不再能动身，不再能出发。我在你的天穹下逡巡，在你的拱顶下哭号。

  当白昼的列车，燃着它的废渣，把影子炮制的食物，吐给铁栏后另外几只暗影——在那里，夜正反刍——我拖着自己,走向将看到无眼面具出现的一日，向着它与我在铅灰色渣堆上的相遇爬去。

  胆汁的城市，教堂后殿下迷离的管风琴音，鱼尾板[1]——这神的玩偶——张开，才看得见我们。夜

---

[1] 鱼尾板（轨道接头夹板）俗称道夹板，是一种用于轨道与轨道之间连接使用的紧固件。

幕降临，万家灯火，我再听不到希望在你深处低吼，你那和鸣曾吹向我的希望，你那信号曾为我标出的希望。

像从苦涩的蜂巢，人群四散。码头拥满黑压压的拖船，在嗡鸣声中崩裂。叫好声像一把钥匙，插进那些自满的沉浮子[1]狰狞而狂野的心脏，这肉身的鱼雷，扎入那些古老的幻影，在幻影的齐鸣里，面孔破碎又复原。昏暗的夜校里，课上正讲解接吻和分手的错误方法。许久了，我知道如何听出你的闸门，隐忍在我门外两步之遥。

我回到了你家，我少年时光的家。

我牢记在心，我记得那一天，为骗过家人，我悄声离开正读书的爸妈，那我一直能看到的旧屋，在灯光下，在柔情里。

在烟熏的地图上，沿玻璃板的弧线，我在兄弟中间秉烛引路。

船影憧憧，启动夜晚。

米尺和布带在暗道穿行，人们绕线轴围拢。

作坊中断耳的铁砧、呼出最后一声的锻炉、散发沙子与酒精味道的露台，在画册上渐渐变红，慢慢赢

---

[1] 此处似指潜水员。

得在教堂里的位置。

电车摇晃着扫过落叶,把它沉睡的轭套儿丢在街上的水塘里。

海马摇着舢舨和灯笼,从生铁陷阱和弄丢的钥匙上经过。

有一堵被横梁压垮的墙,一支生满红锈的煤气炉,树上的昆虫在热浪强光空洞的注视下,悲伤地爆裂。

一个暗黑的街区,油脂混合的气味,笨拙地在天空上放飞乌鸦。

一支灯笼在夜的书房里冒烟。

一个庭院在蜜糕里簌簌作响。

玻璃窗拍打,像一个小小的作业本敲打黑板,老学究的手,正把星星放上又摘下。

一旦行人打她们网边经过,女人们就跟蜘蛛似的一扑而上。

被带着面具的未来寻找而跳下去的人们,填满巨大的焦虑的深渊,我是其中一个。

以人做猎物的神秘预言,正一点点游近我下垂的头。

我在你的玻璃温室里找回自己,在湿漉漉的植物之间,那些被名称、年龄、箱子的秘密、骨质盒子、肉身的指南针封缄的面孔丛林。

在她藏身的隧道对面，打明天一早，仙女将在被露水打湿的、半睡半醒的码头叫卖她的玛德莱纳[1]，在鼓音中，在海水声里。

我整宿沿着你沉思的节节巨大车厢向前，经过警惕的三角信号标、燃烧的煤块、传动杆，以及轻轻的哨音、远处蝼蛄的掘土声、卑劣地眨着眼打你缝隙间钻过的蒙头斗篷。

拉沙贝拉[2]桥边，面包房顶的铁栏后，站着两个低身的黑衣人，曾统帅兵士远征的堕落战神，在此地用锁链声弄脏他的羽毛；

耶圣街上巨大的绿色标牌；

少年时代的车站啊，孤独的车站，风暴时时长久地向你致敬，我将早已熟知你的注视、你的坡道、你淋湿的叹息、你冰冷的哭喊、你的等待；我曾尾随你的过客，与你的离愁并肩；背靠一根柱子，我曾一道敲击轨道尽头的止冲挡[3]；当回汽时，我亲吻它那四方的嘴，在火烫而坚硬的面罩上留下我的痕迹。站

---

[1] 指一种小圆饼。
[2] 拉沙贝拉（la Chapelle）与耶圣（Jessaint），是位于巴黎北站附近的两条街道。
[3] 止冲挡：防止铁路列车驶过轨道末端而出轨的设备。

台的大门关闭，告别的哭声长久地响起。

法尔格（Leon-Paul Fargue）（1876—1947）

+

巴黎，现代世界之都。巴黎的车站，现代之都里新的圣殿。当法尔格在二十世纪初的曙光里，为他的"车站"[1]写下这首诗时，巴黎最早的车站——一八七七年经莫奈的画笔受洗，成为现代意象之一的圣拉扎尔车站——已建成近八十年。诗人踯躅其间、反复吟咏的车站——巴黎北站——则完工于半个世纪前的奥斯曼重建，那将巴黎彻底变做十九世纪"世界之都"伟大工程。改建后的巴黎，东、南、西、北，各被一座宏伟的车站镇守，成为连接外省与欧陆各国铁路干线的起点与终点。

这些现代国家心脏上最敏感的神经元，经历了法兰西第二帝国灭亡、外敌入侵、巴黎公社的血与火、第三共和国风雨飘摇的初年、神权与世俗主义的此消

---

[1] 似指巴黎北站，初建于 1846 年，目前的北站改建于奥斯曼时代，于 1864 年投入使用。

彼长、民族矛盾、阶级分裂、殖民扩张、进步和反动、光荣与丑恶,种种的对峙、扭结、撕扯与冲击,来到二十世纪初的"美好时代",一个希望与幻灭平行加剧的时代。在此刻的车站,你看到诗人的身影,听到他的咏叹。

"伤心车站,我走遍了你所有路线。我不再能动身,不再能出发。我在你的天穹下逡巡,在你的拱顶下哭号。"曾经运载着进步的列车,仿佛正驶入一个莫辩暮色或晨曦的时刻,为前进而燃烧自己的人们,像废渣被抛入到历史幽暗的胃里,被消解、反刍,难逃进化与退化的宿命循环。未来,不再有一双充满希望的明亮眼睛。"铅灰色渣堆",难道是你与命运交汇的地点?

在胆汁般苦涩的城市里,上帝中世纪的住所——教堂——依旧,而祂已有了新的玩偶——鱼尾板——这因连接着"进步"而被崇拜的圣物,被禁锢在铁轨——铺设现代性之路的砖石——间的你,似乎已得不到神的眷顾。你在新的圣殿——车站——里,再找不到列车时刻表预告按时到来的希望。

站在运河[1]的水闸边,你仿佛看到码头里密集

---

[1] 似指圣马丁运河,在巴黎北站附近。

的拖船，在人们纷纷的叫好声中，冒险者不惜一切代价，扎入河底，寻找传说中的宝藏。在水中，欲望的幻影比人的血肉之躯更加密集，如那看不见却驱动无数工蜂麇集或离散的"事业"。在岸上的夜校里，被欲望抽干的人们，必须通过"讲解接吻和分手"的课程，重获情感的能力。

你重回少年时代，从这一切开始的地方，试图寻找在哪儿失去了梦想。像波德莱尔、马拉美，你在最初的日子里，看到书桌、地图、灯烛，远方的游历从那里启程。探险、劳动、与同伴们休憩嘻游，一切行动都带着神圣的意味。

电车经过，带入现实，把你从远征的梦境里猛然抽出，梦与现实的意象，如迅速切换的蒙太奇：电车、马车、积水的街道、海马、船、灯笼、生铁井盖、遗落的钥匙、断墙、煤气炉、夏日、生命短暂的昆虫……夜色，越来越重，只有黑暗，与黑暗的不同成色……

包裹着家园的甜梦，甜蜜、松软而易碎。遥远而寒冷的星光，如世俗教育，今天肯定、明日否定，建立与推翻易如反掌。女人，你的爱，是凶猛的欲望的动物。

你在焦虑中，向往着未来，却看不清未来的面孔。

你只是宿命的猎物。就像中世纪是一座神殿，你和我曾是其间奉献的祭物；现代是一座博物馆，一切都将成为被陈列的理性的标本。

就像仙女，将被露水唤醒，叫卖她的玛德莱纳；没有童话，只有生活，将在明早继续。

而你在今夜，走遍车站的角角落落、往昔与现在、幻影与现实。车站外，是熟悉的街区，历史与地标。车站里，是我们成长的历程，以及其中所有期待和付出，与时代彼此的注视和印迹。

穿越世纪之交
的光明和幽暗

城中村（Zone）

  在终点，你厌倦了这古典的世界。
  羊倌似的埃菲尔铁塔，晨曦里羊群咩咩叫，塞纳河上的桥。
  你腻了希腊式与罗马式的经典生活。
  这儿，连汽车都古色古香，只有宗教保持新鲜，宗教保持质朴，如机场的机库。
  ……
  你像喝你的生命一样喝这壶烧酒，那是你如烧酒一样喝下的你的生命。
  你向欧德伊方向走去，你徒步回家，在来自南海与圭亚那的图腾中间睡去。他们是基督，在另一种形式与另一个信仰之中，这些幽暗的祈愿的低等基督。

永别，生花素手。

朝阳，断颈之头。

阿波利奈尔（Guillaume Apollinaire）（1880—1918）

✦

为爱所伤的阿波利奈尔，从世纪末之夜走进二十世纪的晨光。这是映在"世纪的第二十颗瞳仁"里的巴黎印象：

在"逐新"的宗教里，"世界之都"迅速老去。埃菲尔铁塔，像一个孤独的牧羊人，塞纳河上白色的桥，像晨雾中走失的羊群，还有哞哞叫的汽车、被现代性放牧的人们。

点缀于城中的教堂，吸引着寻求慰藉的我，可在世俗化时代，对旧信仰的依赖，令被商铺、招牌、广告、日报、杂志所团团围住的你，多少感到尴尬。对进步的崇拜，生出新的宗教，新的圣殿是车站、飞机场……

工业区的街道"簇新而干净，像铮亮的军号"，闹钟与汽笛，催人向前，滑入现代产业运行的音轨，加入"招牌与墙上的字迹、铭牌和通知"的合奏。

与神奇的童年记忆相比，此刻的巴黎孤寂而幽暗，教堂空空，中世纪的偶像与信众，被当作古董搬进博物馆中。城市里，女人堕落、爱情受伤，夏特圣母院的尖顶鞭长莫及，圣心教堂无法抚慰巴黎公社的冤魂。这是一座信仰失落的城市，一个不齿于信仰的时代。

　　无端卷入卢浮宫《蒙娜丽莎》窃案、预审法院和一星期牢狱之灾，终于夺去地中海赤子——在路上的艺术青年——阿波利奈尔身上的纯真。

　　圣拉扎尔车站，拥满向着新大陆的移民（你的时代，也是一个移民的时代，"出国"是贯穿一代人一生的主题，前半生叫留学，后半生叫移民）。玛黑区，聚集最古老的流浪民族。永远的流民，构成城市"面无血色"的面容。

　　酒肆、饭馆、妓女与客人。清冷的街道上卖奶的贩子、混血的女郎……

　　走向欧德伊，那里住着从蒙马特搬来的穷艺术家们[1]，正尝试从神秘的东方借来灵感。

　　太阳升起，新的一日滴着鲜血，痛并快乐地诞生。

---

[1] 包括马塞尔·杜尚。

抒情抽象主义
城市

反差（Contrastes）

我的诗歌之窗大开，向着街道，阳光的宝石，在玻璃里闪耀。听，提琴似的加长轿车，木琴似的排铸机。涂抹匠用天空这块毛巾擦手。全是色彩斑点。女人们经过，头上的帽子，像夜光中的彗星。

协调，不再有协调。被拨慢十分钟，所有钟此刻指向子夜。时间没了，钱花光了。在议院，人们糟蹋原料里神奇的元素。

小餐馆里，穿蓝色工作服的工人们喝着红酒，每礼拜六都有鸡做野味，玩玩、赌赌，恶棍时常乘车经过，或有孩子借凯旋门找乐……我给猪先生出主意，把他的宠儿们，安置在埃菲尔铁塔下。

今天，更换业主，圣灵在最小的店铺里出售，我兴高采烈地读跟虞美人一个颜色的横幅上那些字，只有索邦的浮石从不开花，莎玛丽丹[1]的店标犁着塞纳河对岸，在圣塞弗兰街[2]边，我听到电车声叮咚不休。

灯泡雨，红山[3]东站、地铁南北线、苍蝇号游船[4]、世界，全在光晕里、在深处，比西街[5]上《强势报》[6]与《巴黎体育报》的叫卖声，天空现在像烈焰中的飞机场，一幅契马布耶[7]画面。此刻在前面，男人们拖着长长的、黑色的、悲伤的身影，像工厂喷云吐雾的烟囱。

桑德拉尔（Blaise Cendrars）（1887—1961）

✦

---

［1］巴黎右岸塞纳河边著名的百货商场。
［2］巴黎左岸一条街道，位于拉丁区内。
［3］巴黎南城地名，位于里昂门南，是横贯城市南北的地铁四号线在南端的终点站。
［4］塞纳河上最著名的载客游船。
［5］巴黎左岸近圣日尔曼德佩的一条小街。
［6］一家创建于1880年，于第二次世界大战前后停刊的报纸。二十世纪初，立场由左派转为保守。
［7］契马布耶：十三世纪意大利画家。

桑德拉尔眼中的巴黎，是印象主义、立体主义、抽象抒情主义的巴黎，是德劳内夫妇[1]笔下的巴黎。

时代前进迅猛的加速度，撕碎对世界残存的完整印象，色彩与光影的碎片，在每一个大开的"诗歌之窗"——心灵之窗——四周飞旋，解构、并置、对比、重建，似乎历史已被抽空、压缩，万物的表象与奥义，瞬间得以呈现。

奇怪的是，透过令人不适的眩晕感，你仿佛获得一种更为强大的洞悉能力。世界展开、时间展开，多维空间被降解、在二维画面里展现。而此时，万物的具象尚未完全被思想化解，变做抽象的色块和线条，依稀还能认出……

巴黎——大街、汽车、排铸机、时尚。稍纵即逝的印象，如感觉的光焰中飞出的火花。当你定睛试图看清它们，它们的瞬间已经过去，你再次"如期"迟到十分钟。在子夜之后的速度中，你总晚于世界——世界的意义，总晚于它留下的印象。你追赶着时间，被落下的、所拖欠的越来越多。我们中那些理性至上的代表们，在他们尝试管理世界的努力中，彻底将世

---

[1] 索尼亚·德劳内与罗贝尔·德劳内：二十世纪立体主义与抒情抽象主义画家，诗人桑德拉尔的好友。

界翻了个个儿,把一切搞得更糟。

　　巴黎——工人、商业区、拉丁区,左岸右岸,河上街上,地铁、铁塔、路灯、叫卖声,整个世界、暮色中燃烧的天空——像一个想象起飞、信仰着陆的停机坪。你跟在工人背后,看到他们烟囱般的身影,人与人造之物已依稀难分。

立体主义
城市

中央供暖(Chauffage central)

  一点小小的亮儿,你看见一点小小的亮儿,沿腹部滑下,把你照亮——一个女人,像一支引信般伸展——在那边角落,一个影子在读,它自在的脚步真得漂亮。

  心短路,马达停转,哪块磁铁托着我,我的眼、我的爱搞错方向。

  一个无,一团再次点着又熄灭的火,风够了、天够了,说到底视野所及都出自人工,包括你的嘴,尽管在被你手摸到的地方,我感到了温暖。

  门开了我进不去,我看到你脸我不相信,苍白的你。悲伤的一夜,在渡轮上哭泣,在那里男人们嬉笑,几乎没穿衣裳的孩子们不时跑来跑去,河水清澈。红铜的电线将光引向那里，太阳和你的心，由同样的材料制成。

勒韦迪（Pierre Reverdy）（1889—1960）

+

看到却把握不住，感到却不知来源。在现代都市里——在这人造、庞大、芜杂、间接的世界里——温暖与爱随叫随到，却变得抽象、不可捉摸，更不能奢望在其间像主人一样收放自如。

"小小的亮儿"，像隐隐的温暖，再次点亮你的欲望，可一切如幻影，生着轻捷的脚，说来就来，说走就走。你像被电流刺激的心、磁铁、马达，在惊慌里启动，在迷乱中失灵——悬在这一刻。在这一刻，你仿佛看见一切从无而来、一一呈现、再归于无中。你受够了天地间被"造"出来的一切，多么不自然！连我吻你的嘴唇、触摸你的手，都出自人工。尽管，你还是"感到了温暖"……

有门难入，你渴望的脸苍白而不可信。回到悲伤之夜，那里有真实的泪水、男人的嬉笑和玩闹的孩子。在失落、空虚与不完整感的包围里，你的知觉变得更敏感，渴望变得更尖锐。

心似红铜电线，是爱与温暖的导体。或者说，心和爱与温暖同质同构，心就是爱与温暖本身。感受、传导、呈现，跨越心与现实之间鸿沟的动作，比能否抵达彼岸更加重要。

超现实主义
城市

向日葵（致勒韦迪）（Tournesol）

夏天陷落之日，女游客踮脚走过中央菜市场[1]，绝望在天上转动硕大的海芋[2]，手提包里装着我的梦和一小瓶盐，上帝的教母独自喘了口气，慵懒似蔓延的蒸汽。

在"抽烟的狗"[3]，正方与反方刚推门而入。唯有费劲儿斜视，才能瞥见那个年轻姑娘。暴躁的焰硝[4]与被我们称作思想的深黑上那条白色弧线，我

---

[1] 中央菜市场（les Halles）：巴黎右岸的菜市场，十九世纪被加上顶篷，现被改造为文化商业中心。
[2] 海芋：多年生大型观叶草本植物。
[3] "抽烟的狗"（Au Chien qui fume）：一家餐厅，在巴黎新桥大街33号。
[4] 焰硝：又称硝石、钾硝石。无色、白色或灰色结晶状，有玻璃光泽。可用于配制孔雀绿釉。还可用作五彩、粉彩的颜料。制造火药的原料之一。

在跟哪一位的大使打着交道？无邪的舞会，渐入高潮。挂在栗树间的灯笼，正慢慢引火上身。

无影的女人跪在香芝桥[1]上，"爱之屋"街[2]角钟声不再，夜终于履约，游荡的鸽子和神佑之吻，在无名美人的胸前汇集，被抛向完美意义的面纱下。

巴黎中心，一个农庄红火兴旺，庄上的窗向银河敞开。不过没人住在那儿，是为等不速之客——谁都知道那些来客，比重返人间的幽灵还要忠诚——他们像这个女人，如游在水中。属于他们的一小块儿物质流入爱，爱将他们消溶。

我不是任何官能的玩偶，尽管蟋蟀在灰色的头发里唱歌，埃蒂安·马塞尔雕像[3]旁的一夜，向我投来意会的一眼，他说安德烈·布勒东打此经过。

布勒东（André Breton）（1896—1966）

+

---

[1] 香芝桥（Pont-au-change）：塞纳河上的一座桥，世称兑换桥，连接横穿西提岛的兑换大街与右岸，是十二世纪货币兑换业兴起的见证，右岸岸边有巴黎胜景之一的花鸟市场。

[2] "爱之屋"街（Git-le-Coeur）：巴黎左岸拉丁区内的一条小街。

[3] 埃蒂安·马塞尔雕像：似指右岸巴黎市政厅前为纪念巴黎十四世纪首任市长埃蒂安·马塞尔（Etienne Marcel）的雕像。

夏末，右岸，中央菜市场。布勒东看到自己，在一个"踮脚走过"的女梦游者手上的提包里醒来，与一小瓶盐作伴，开始一次穿越巴黎中心的漫游。

海芋般翻卷的云，从地铁排风口冒出的蒸汽似圣母喘息……餐厅里骄傲的、固执的、争辩不休却不忘偶尔斜睨年轻姑娘的男人们，火爆的情绪，思维的线索，优雅而外露的"表演"……舞厅里塞满贫穷的找乐的人们，灯火照亮栗树……塞纳河桥上所谓伊人，拉丁区钟声归于寂静……夜幕降临，鸽子与上帝之吻，纷纷飞入罩在美妇雕像身上的暗影……

夜巴黎，热烈、明亮、质朴如银河下的一座农庄。不过，城中的居民，没人期待与不速之客的奇遇——那些比恋家的幽灵更忠实的梦游者——如这位女行者一样，他们身上携带的梦的物质，溶解于幽暗的爱的河水。

从市政厅广场醒来，我还是我。是我，安德烈·布勒东，记录下刚刚梦到的一程，世俗的夜光——稀释所有奇遇的爱——笼罩下的城市……可是，一头灰发里蟋蟀歌唱，宣布了我曾打这夜里经过。我是一只玩偶，跟着感觉行走。

城市
长成而不再无邪

礼拜日（Dimanche）

　　飞机用电报线编织，泉水唱同样的歌。在马车夫的聚会上，供应橙味小酒，火车司机翻着眼白，妇人在林中丢了微笑。

苏波（Philippe Soupault）（1897—1990）

+

　　飞机像梭子，用电报线，编织着巴黎的天空。纺织时代、电报时代、航空时代——"旧"时代中熟悉的意象，为"新"时代里的新现象提供了比喻，促发理解、加快吸收。

这是一座被马车夫与火车司机分享的城市,酒精、嬉笑、女人。城外的森林里,或公园的树林中,散落着最初的情话、最初的笑颜,一个无邪少女即将长成前的昨日身影。

避世者

活在命运
另一个版本中的人

乞丐（Mendiants）

　　当你在草地上还踏着迟疑的脚步，大地已被躁动的天空倾覆。你停下，举头看云层变幻，风吹乱修剪齐整的柳树，狂舞在温柔而失色的正午！
　　我们曾沿着铺满灰色苔藓的墙，走到尽头，直到伤痛胀满肋部。沟渠铺开，像一张令人安适的床，像你的胸脯一样柔软，像教堂一样温暖。
　　一个典型的幽灵，一变二、二变四，无休无止。你金色的瞳仁里，住满了国王！是我的大笑在这王国里回荡？我抱住双臂合十的殉道女郎。
　　远方的河流、哀伤的天空、你唇间流动的水，宏大而苦涩的三部曲——致溺死的心。迷乱的眼神，你若隐若现的面颊，我再次闻到，那几株高大刺槐的味道。

　　等等，哦！等等，处子的双乳，我们的手指，嗡鸣着滑向，柔软腹部上绽开的梦，那歌唱的鼓，吹响欲望的晨号，抽噎着冲锋。

　　你的扣饰与发辫，老宝贝儿，草草拭干的睫毛，你的虔诚与心机，足以把我变做你的情人，或忠实的走狗。

　　将只剩一次邪恶的嘲弄，萎靡的眼神偏向一侧，不费吹灰之力。对避世者毫不留情的铁臂，把你向东推，正当我向北逃去时！

努沃（Germain Nouveau）（1851—1920）

+

　　在巴黎的大街小巷上，有多少"无家可归者"？他们肮脏、邋遢、气味刺鼻、目光失焦，白天享用着免费的阳光，夜晚像狗一样在墙角布下尿骚，令行色匆匆的路人避之不及。

　　他们构成城市景观的一部分，也是你不费吹灰之力就能侧身忽略的一部分。世界像一台转速越来越快的机器，他们像被甩出的部件、废油或废气，锈蚀、污浊、冷凝。不要变做他们中的一员并与他们拉来距离，是你和我一生激励自己向前的目标之一。你躲避着他们，像躲避自己命运的不同版本。

他们，也躲避着你，像决意绕过这个世界。沦为乞丐或无家可归者，对他们中的大多数来说，不是自己的选择：失业、疾病、疯狂的爱情，随时随地带来致命的一击，将他们推到命运的另一侧。即使对天生的避世者来说，"放弃"也难说是生存的哲学，还是一种维护尊严的策略。蜉蝣般的生涯里，充满了嘲弄与艰辛。

其实，你不了解，你与他们的距离太远。在你眼里，他们似乎回到了更简单的欲望，活着的意义被冲淡，将与你走向不同的生命终点。但是，他们的爱情，仍能在某一刻把你打动，像巴黎上空的一阵风，让你驻足，猜想并体会生活中你不了解的一个侧面。

乡村
消逝

与工业化主旋律
对位的乡村挽歌

磨坊（Le Moulin）

  在夜深处，磨坊的水车，在悲戚忧郁的天空下，慢慢地转，转啊转，桨叶与沉渣一个颜色，无边的悲戚、孱弱、迟缓、疲惫。从一大早，呻吟的桨臂，就不停抬起垂下。看，桨臂又垂下，在黑色愈来愈浓的空中，在消逝的自然彻底的沉默里。
  村舍上空，病痛中的冬日睡去，晦暗的旅行加重云的疲倦，沿着收集自己影子的灌木，车辙伸向死寂的地平线。
  田边上，几座榉木小屋，凄惨地围成一圈。铜吊灯从屋顶，给墙与窗户，涂上一层古色的漆。在田野的广袤与令人昏昏欲睡的空阔里，这些陋室用破碎的方窗，注视着磨坊的老水车：旋转、放慢、旋转、彻底停下。

疯人歌（Chanson de fou）

　　你要对着大地哭号，在鸿沟里张开嘴，可没一个亡者，会回应你苦涩的呼喊。他们早已死去，曾在丰饶的土地上劳作的亡者，大群大群死去，在世界的四角腐烂。郊野曾是城市的东家，到哪儿人都得低头弯腰对这种秩序臣服，还没谁能预见夜的尽头，机器抬起它们那强悍、令人惶恐的手臂。你要对着大地哭号，在鸿沟里张开嘴，可昨天的亡者，今天已在大地深处，彻底死去。

魏尔哈伦（Emile Verhaeren）（1855—1916）

+

　　生活在今天的中国，你不知道如何提起乡村，那你作为游客，为抵达下一个"景点"，迅速穿过的丑陋之地；或者你稍作停歇，歇脚打尖的"农家乐"；或者偶尔来自你"老家"那些无关你痛痒的消息，年迈母亲父亲时常陷入却不愿再提起的记忆。

在今天的中国，我也不知道如何提起乡村，也许在这个时代，只有海子知道，穿过时间的荒原，还有一群人知道，在民国的迷雾里，他们从乡下上城里来，其中有来自金华的艾青[1]，他曾用译笔捎来远方的乡村挽歌。

那是魏尔哈伦的歌声：乡村如磨坊的桨叶，像在过去千年里一样，周而复始地旋转，带着越来越深重的疲倦。自然低头沉吟，归于彻底的静默。农业文明循环往复的节拍，正在被打破。冬日睡去，将在新的季节醒来，车辙伸向远方，抛下记忆的包袱，天上晦暗的色调，是乡村诗人——被动的旅人——心中情绪的渲染。那些发出古铜色灯光的小屋，是曾经的家园。破碎的窗，是诗人张大的眼睛，注视着即将流逝与发生的一切。

而你，你不知道如何提起乡村。在这个迟来的乡村彻底地消逝的时代，我们集体失声，听不见一首挽歌。海子，最后一位乡村诗人，拒绝踏入二十世纪九十年代的门槛，那是城镇在各方面决定性超越乡村的开始。即使在八十年代，只有海子一人，不耻于来自乡村的身份。之前的三十年里，类似海子的乡村

---

[1] 艾青作为魏尔哈伦译者，将他介绍入中国。

知识分子，连同他们隶属的阶层，被从他们植根千余年的土地连根拔起，或消灭、或嫁接到城里。他们和他们的孩子，对乡村不再熟悉，与乡村有关的记忆只能带来自卑和恐惧。一场混合着民族焦虑、阶级情仇的变革，没给乡村顺其自然的衍变留太多耐心，将乡间万物割断，包括土地里绵延的灵魂。"大地躺卧而平坦，如一个故乡……其中只包含疲倦、忧伤和天才"[1]。

二十世纪前三十年，艾青一代知识分子，曾有机会从容安置乡村的没落。涌向城镇的诗人们，与家乡保持息息相关的日常联系与精神联络，怀着淡淡的乡愁、一边回头、一边前进。对应心中的愁与向往，艾青找到魏尔哈伦，在另一个乡村消逝时节里写下的诗篇。

在象征主义的余晖里，魏尔哈伦预感到乡村将"彻底死去"，被机器"那强悍、令人惶恐的手臂"埋葬，过去的秩序被颠覆，带走它的子民。没一个灵魂，留下来应答呼喊。不知魏尔哈伦可否预感到，故园将在他有生之年，被现代的战火烧焦，变做一片"无人之地"（no man's land）？而艾青的书桌，也

---

[1] 摘自海子《土地——王》

被战争与革命推翻，在冬春的残酷和喧嚣里，为乡村叫魂的声带，被政治道义的情绪撕裂。

魏尔哈伦与艾青和海子不同，保持着一个绅士的从容风度和完整乡魂，在叹息中，他昂首启动对现代性的向往和礼赞。艾青被革命变做歌唱的革命者，海子则成为现代性从未来投射回来的阴影里，一只飞翔的野蛮的游魂。在向往中，耳顺之年的魏尔哈伦在鲁恩车站失足，被卷入开往巴黎的火车车轮。在绝望里，二十五岁的海子面朝大海，如春花般吐血绽放，将青春肉体放在火车车轮——现代性剪刀——之下，为即将逝去的乡村殉葬。

乡魂在大地上
继续生长的低音

苦痛五奥义（Les cinq Mystères douloureux）

垂危

通过在妈妈身旁死去的小男孩，
当伙伴们还在花园里嬉戏；
通过那只翅膀忽然流血的鸟，
坠落中浑然不知所以；
通过饥饿、焦渴、灼人的颠狂：
　　万福，玛利亚。

……

受难

通过钉死世界的四道地平线,
通过皮肉撕扯或腐蚀的人们,
通过没脚没手的人们,
通过在手术间呻吟的人们,
通过置身于杀手中间那位义士:
　　万福,玛利亚。

雅默(Francis Jammes)(1868—1938)

+

　　Francis Jammes,在中文里被翻成"耶麦",也许译作"雅默"更好:一个诗人,一生留在比利牛斯山乡下,远离现代都市的喧嚣,守持、耕耘着文雅的沉默。

　　这位天主教徒、大自然的热爱者、守拙之人,率真、粗旷、温顺,大学入学考试语文(法语)考了零分,厌弃一切矫饰和知识分子病,却曾有望跻身法兰西学院。远离巴黎,政治、经济与文化的中心,埋头歌唱乡下的人、物什、牲畜、记忆、信仰和精神,得不到"圈子"应得的重视,却与时代的骄子、性情志趣迥异如马拉美、纪德、克洛岱尔的大师们交游。

"矛盾重重"的雅默,最早被戴望舒译介进中国,并成为对其影响最大的诗人之一,如魏尔哈伦之于艾青。当翻看《苦痛五奥义》,又想起海子。从浙江余杭乡下走出的戴望舒,从浙江金华乡下走出的艾青,从安徽安庆乡下走出的海子,踩着魏尔哈伦和雅默的足印,离开并再不能回到他们曾歌唱的消逝中的故乡。

雅默,要幸运许多。政治与产业革命虽然惨烈、血腥、反反复复、代价沉重,却不像在戴望舒和艾青的故乡,以彻底撕碎乡村的社会与道德体系为代价;不像在海子和父辈的故乡,夹生饭般半生不熟的工业化,建立在强制性城乡剪刀差和窒息迁徙的户籍制之上;不像在海子身后,城镇化的对价是被低价购买甚至强制征收的农民土地、低价盘剥的农民进城劳动力、社会保险的缺失、留给孩子和老人们的空心化乡村……

雅默,可以选择离开或者留下,因为工业化与城镇化之后的乡村,还住着他这样的人,过简朴却不失尊严的生活,寂寞却不失知音的回声。相比之下,戴望舒、艾青与海子,或早逝、或投身革命、或经过高考独木桥，嫁接城中，他们的根，已与物质和精神双重破产的乡村切断。

在雅默家乡，乡下人不乏城里人的情怀。有人将雅默的诗与夏加尔与亨利·卢梭的画比较，其"拙"（gaucherie）中有机巧与雅致，与更早的田园诗和浪漫主义不同，诗中因隐隐预感的"令人不安的真实"而有其现代性面向。雅默"归隐田园"与宗教，是对脱缰的现代性的反动，是在进步中追求精神的宁静和平衡，是对经过受难实现超越的向往，带着将要获得救赎的信仰，底气十足。

相比之下，在戴望舒、艾青、海子和你我的家园，现代性尚未锻造完成，"我们的城里人与乡下人却都保留些乡下人的生理和心理习性[1]"，故园已逝，再回不去。海子以《抱着白虎走过海洋》[2]，颂唱乡村消逝。海子，你和我，是被从乡村母体永远拔离的孩子，祭献给前进宿命的仪式。

---

[1] 画家、作家陈丹青先生的一个说法。
[2] 海子写于1986年的《抱着白虎走过海洋》：倾向于宏伟的母亲／抱着白虎走过海洋／陆地上有堂屋五间／一只病床卧于故乡／倾向于故乡的母亲／抱着白虎走过海洋／扶病而出的儿子们／开门望见了血太阳／倾向于太阳的母亲／抱着白虎走过海洋／左边的侍女是生命／右边的侍女是死亡／倾向于死亡的母亲／抱着白虎走过海洋

大自然

回声

对自然的破坏力
越来越失控

蓝蛙（La Grenouille bleue）

一　向见多识广的护林人祈求

我们跪在地上向您祈求，见多识广的护林人，请您为我们指条明路！在您这儿如何认出那传说中的蓝蛙？就靠别的蛙都是绿的？靠蓝蛙笨重或警觉的姿态？靠她会躲避鸭群？靠她在水百合间摇摆？靠她声音清脆？靠她顶个冠子？靠蓝蛙一群群、一对对、还是孤家寡人地做梦？

护林人斜眼看着雾蒙蒙的湖面，想了许久，对我们说：就是，靠谁也没见过。

二 回答护林人

你撒谎,护林人。我一阵狂喜。今天早上,我看到了她:蛙腿挂着货真价实的蓝宝石。她是一只绿蛙,不过有好天气配合,这天空的情人,能映出一片蔚蓝。

三 悔恨

噢,是啊!不,她活着,她的小心脏跳着,也可能她已死去:她在我们手上死去。我们把她传来传去。一个孩子,今天早上,我们把她钓起,用挂着红缨的钩子。

对不起,我的小生灵,噢,月影重叠时歌唱的甜蜜诱鸟[1],就这样死在我们手上,你让我伤心不已!蓝色的,对,你是蓝色的,天空最高远的蓝!

难道微风一定要将你如尘埃般吹散?林中轻灵的女仙,如今只是一道幻影。蓝色,我为你哭泣;绿色,唉!我曾能做些什么?我本该把你掷回自然。这颗心太不完美。

---

[1] 法语里 chanterelle 有两重意思:乐器的第一弦;诱鸟。

松鼠（L' Ecureuil）

春天的松鼠、夏天的松鼠，你活蹦乱跳、高高在上，对我们人类，你觉得怎样？

——人类已忘了快乐，陷入疯狂。

松鼠啊，晃着毛茸茸的大尾巴，林中的镀金宝石，生命的装饰，自然之花，在你那郁郁葱葱的松树上，告诉我们你望见了什么？

——在低沉的脚步声中，大地上尘土飞扬。

林中荡来飞去的松鼠，多嘴的啄木鸟的兄弟，夜莺的表亲，乌鸦的朋友，告诉我们，穿过眼前的雾气昭昭，你看到了什么？

——长矛，威胁天空的枪炮。

松鼠，向天空撅着屁股，像一个草书的字，充满好奇，受惊般一抖一抖地转动脖子，咯咯地发出轻轻的笑声，告诉我们，在天空的彤云下，你见到了什么？

——兵士，飘满帝国上空的战旗。

目光机敏、闪亮、又黑又靓的松鼠，吸吮金色的树汁，双爪抓住橡果，在环绕我们小屋四周的田野上，你瞧见了什么？

——人们互相杀戮，血填满湖泊。

秋天的松鼠、冬天的松鼠，把橡果那么快乐得掷向蓝天……什么映入你眼帘？——明天与昨天，一模一样

人类疯狂，万劫不复。

福尔（Paul Fort）（1872—1960）

+

在二十世纪初的曙光里，大自然那广袤、复杂、神秘、脆弱的平衡，在人类眼前渐渐清晰显现。一百多年来的工业化，对大地、海洋、天空、时间的征服，

使人第一次隐隐感到，自己已从大自然可以忽略不计的一小部分，抽身而出、站到了它的对面。人感到了自己的力量，在对自然的破坏力之中。

你走进森林，寻找传说中的物种——蓝蛙，试图掌握定义它的标准，可你发现它的属性是：它已经在大自然里消失！而就在今早，你还邂逅过这个"最高远的蓝天"的"情人"。你像不懂事的孩子，忍不住摆弄它，直到它的"小心脏"，在你和伙伴们的手上，停止了跳动。你本来该把它交回自然，可一切已烟消云散，无药可救。你知道，大自然中又一道链条，在你尚未得以探索和了解之前，已在手上断裂。

你陷入悔恨，"与其今日、何必当初"？似乎，在通往这座充满神秘而微妙联系的森林的路上，有一个个标明的路口供你选择，而你有足够多的智慧、能力和运气，不仅可能做出明智之选，且能将其贯彻到底。是的，你握有选择的权力……不是吗？

你问生活在森林之冠的松鼠，问它看见了什么？松鼠告诉你：你们"……已忘了快乐，陷入疯狂"……"在低沉的脚步声中，大地上尘土飞扬"……"长矛，威胁天空的枪炮"……"兵士，飘满帝国上空的战旗"……你们"互相杀戮，血填满湖泊"……你们"疯狂，万劫不复"……

啊？！难道，这就是你和我的命运？看似被我们掌握、利用的自然，有着深不可测的智慧和能力。在它当中，我们将为每一次伸手触碰而导致的失衡，承担代价中应得的一份，可影响何时、何地、以何种方式到来，如宿命一样深不可测。我们曾想征服它的抱负多么可笑，因为连你我自己的未来，我们也不能预知和掌控。在大自然似乎危言耸听的回声中，传来令人绝望的末日图景……

在"美好时代"尽头，二十世纪希望的曙光褪尽，末日图景如期到来，一次、两次……

自然是盛满生命
记忆和智慧的容器

在没有时间的树林里（Dans le forêt sans heures）

　　在没有时间的树林里，一棵大树被伐倒。垂直的空洞，以树干的形状，在放平的树桩旁颤动。

　　鸟群，找啊找，曾安放鸟巢的地方，高处的记忆，尚未完全褪去。

苏佩维埃拉（Jules Supervielle）（1884—1960）

+

　　自然，是盛满生命记忆和生存智慧的容器。自然被毁灭，记忆和智慧随之消逝。

季节

与

死亡

加入
季节转换的和鸣

这样到来的冬天(L'Hiver qui vient)

为情所因!往返地中海东岸[1]的邮船!……噢,落雨了!噢!夜降临,噢!风!……万圣节、圣诞与新年,噢,毛毛雨里,那些我的烟囱!……工厂……

不能再坐,长椅全被淋湿;相信我,明年到来前,一切都已关张,所有长椅都被淋湿,树上锈斑点点!……就连号,也已奏完它的达嘟、达啦!……啊,大块乌云从英吉利海峡逼近,把我们最后的礼拜日弄得又脏又湿。

---

[1] 原文为 Levant:黎凡特,地中海东岸地区,是一个地理与文化区域概念,指安纳托利亚(土耳其亚洲部分)与埃及之间的地中海沿岸,包括今天的塞浦路斯、以色列、约旦、黎巴嫩、叙利亚、巴勒斯坦及土耳其南部,是连结西亚、地中海东岸与北非的交叉口。

毛毛雨；雨下的树林里，蛛网被雨滴压弯，来到它们的破败之日。

万能的太阳啊，曾照亮金色帕克托勒河[1]中的劳作与农田里的胜景，您被埋在了哪儿？今晚，太阳无力地平躺在山丘之上，金雀花间，侧身压着外衣，惨白的太阳像一口唾沫，抹在北方小咖啡馆堆放的黄色扫帚上，秋日黄色的金雀花。此时号声响起！把它唤醒，让它醒过来！达唔！达唔！围住了猎物！噢，悲伤的乐句，你可奏完！……掀起癫狂！……太阳平躺在那儿，像一把从颈子里抠出的腺体，孤零零地颤抖！……前进，前进，奄奄一息的猎物！到来的正是无人不识的冬季；噢！大路转弯处，没有小红帽[2]一步步走来！……噢！双轮马车在前月留下的车辙，如末代骑士[3]一般昂身变做铁轨，探向溃退中的彤云编队，风正将它们赶往横跨大西洋的归乡路！……快，加速，这是无人不识的季节，这一次。

而风，今晚，将来破坏！噢，砸烂，噢，鸟巢，噢，谦卑的花园！我的心啊我的梦：噢，利斧的回

---

[1] 帕克托勒河（Pactoles）：希腊神话中国王米达斯（Midas）获得点石成金的能力，却又为其所困，经神指点，到帕克托勒河里将法力洗去。
[2] 原文为 petit Chaperon Rouge：即童话小红帽。
[3] 原文直译是"如堂吉诃德一般"。

声！……所有枝上都还挂着绿叶,而树下已是枯叶的肥堆;树叶,大大小小,被风吹向连片的水塘、猎户的火炉,救护车上的绷床,上面躺着法兰西万里之外的兵士。

到时候了,时候到了,锈侵蚀铁锤,锈数千里忧郁的胃口,将空无一人的大路旁的电报线吞噬。

号,号,号——悲怆!……悲怆!……启奏,变调,易调更弦,达嘟,达啦,达嘟!……号,号,号!启奏,向着北风。

我逃不出这曲调:四面回声!……时候到了,时候到了,再见,采摘葡萄的季节!……有天使般耐心的降雨来了,再见——采摘葡萄的季节,永别——所有果篮,永别——华多[1]画中,栗树下跳布雷舞[2]的篮子般的裙摆,开学后宿舍里响起的咳嗽,远离家里壁炉的花茶,给整个街区蒙上阴影的肺痨,中心城市的悲苦情景。

不过,羊毛衫、雨靴、药房、梦,高卷窗帘的

---

[1] 华多:指 Jean-Antoine Watteau(1684—1721),法国 18 世纪洛可可时期最有影响力的一位画家。

[2] 布雷舞曲(Bourrée):一种轻快的二拍子法国舞曲,从十六世纪末期开始在欧洲流行,十八世纪时,常作为组曲的组成部分。巴赫的《布列舞曲》和亨德尔的《水上音乐组曲》第八首均是著名的布雷舞曲。另外有一种三拍子的舞曲也被称为布列,流行于法国中部的奥弗列山区。

阳台，如能站在沙滩上眺望市郊的屋顶海洋，灯、铜版画、热茶、小点心，你们让我怎能不爱得一心一意！……（噢！还有，除了那些钢琴，你可了解日报上晚祷般一本正经的每周公共卫生数据？）

不，不！时候到了，地球面无血色！愿南风，愿强劲的干燥的南风，拆散时间编织的旧鞋！时候到了，噢，心碎了！时候到了！每一年，每一年，我在和鸣中试唱季节的乐符。

拉弗格（Jules Laforgue）（1860—1887）

+

冬天就要到来，天地间一片肃杀。短命的天才诗人[1]感受到，正如终结与开启一切的季节轮换，时代的更迭将带来天翻地覆的变化。被这一变化解放的诗人，解放了诗歌[2]。

因于当下，因于"正常"生活所带来的困惑与厌倦，你将目光投向地中海东岸，那古典文明照亮我们

---

[1] 诗人1887年死于肺痨，终年27岁。
[2] 拉弗格以其遗作《最后的诗篇》被认为引领法语向自由体诗迈出真正的成功一步。

的摇篮。可眼前是：工厂、烟囱——工业化、城镇化的现实景象。

冬天来了，西风从英吉利海峡、从北大西洋吹来，"把我们最后的礼拜日弄得又脏又湿"。那里是工业革命与现代文明的发祥之地，源源不断地给我们带来影响与焦虑。

上帝老矣，太阳将死，童话不再，在季节摧枯拉朽的追逐下，一切都变做猎物，像被从颈中扯出的腺体，敏感而无助。古典让位于现代：最后的骑士变身铁轨，追逐横渡北大西洋的航线。殖民时代，士兵们被派往万里之遥的海外，越过大陆与海洋的电报线，组成帝国的神经。

季节流转之际，新的现实显现、旧的记忆残存，时代如一棵枯荣并存的大树。北风将大树撼动，远离故土的士兵像枯叶、林间篝火一样被吹落、熄灭、腐败。无根、无助的漂泊感，如锈蚀，吞噬着曾经灵动的生命。

听到季节在北风中"易调更弦"，诗人说：时候到了，告别采摘季节，告别故乡田园，在悲苦的城市中心，看死神正穿着肺痨的外衣步步走来。

回到生活中，生活中那些给你温暖与安慰的物什，多么真实：羊毛衫、雨靴、药房、梦、阳台、市郊的屋顶、灯、铜版画、热茶、小火炉、日报、公共卫生数据……生命的真谛，在那些一心一意的爱的瞬间里生成、流连。

时候到了，令你缅怀、厌倦、焦虑、赞叹、无助的一切，终将过去。季节转换，扔掉旧鞋、穿上新鞋。加入季节转换的和鸣。

死亡
与艺术

纪尧姆·阿波利奈尔之死（La Mort de Guillaume Apollinaire）

我们一无所知。我们对痛一无所知。苦涩寒冷的季节，在我们的筋肉里犁出长长的沟。

他本该享受胜利带来的欢乐。

压在平静的悲伤之下，被囚的智者，什么也做不下去。

假如雪在高处落下，假如太阳在夜里爬上我们的屋顶，给我们带来温暖，树被花冠压弯——唯一的泪水——假如群鸟在我们之间栖身，倒影在我们头上静谧的湖心。

我们应能明白：死亡是一次美好而漫长的旅行，

是结构、骨头、肉体的无限假期。

查拉（Tristan Tzara）（1896—1963）

+

  第一次世界大战，于 1918 寒冷的 11 月结束。四年的战争与随后而来的"西班牙"流感，夺去了过多生命，其中包括阿波利奈尔。为诗人——这位站在世纪之交的艺术创造力风暴眼中、集天使与魔鬼于一体、大于自身生活和时代的人——送葬的人们，被巴黎街上庆祝和平的人群淹没。人们甚至将"永别，纪尧姆"中的"纪尧姆"与刚刚被逼退位的德皇名讳中的"威廉"相混淆。

  不过，对同代与后代的人们来说，阿波利奈尔不是躺在拉雪兹浅浅的墓穴里睡去。我们挖开自己的灵与肉，安葬了诗人。诗人得以"在灵魂安静之后，血液还会流过许多年代"[1]。在送葬的人群之中，站着葬礼一年后来到巴黎的查拉。这位达达主义旗手，带着巴尔干的风范与邪气，坚持艺术可借破坏自满的

---

[1] 顾城诗。

世界而自足。

"他本该享受胜利带来的欢乐。"胜利可贵,可代价沉重,带走了百万计年轻的生命——包括世纪初艺术曙光中那些最耀眼的明星——以及支撑人们赢得胜利的自信和价值体系。我们困在过度悲伤的笼之中,失去思想与行动的能力。

查拉说,与天上的雪、屋顶的太阳、挂着花冠的树、湖面上的鸟群一样,我们的——阿波利奈尔的——骨肉,只是一瞬间里大自然局部的结构,生命把这一切以某种方式临时组合在一处,死亡则不时将它们推倒重来。向塞尚致敬!

如果说阿波利奈尔一生,如一幅令人眩目的立体主义涂鸦,那么"破坏者"查拉为这拆解与并置三维世界的二维画面,引入了第四个维度——时间——那是你可借以逃离这个寒冷、悲伤季节的出口。

伤亡是
自然流转的一部分

伤口干涸(致逝者)(Assèchement de la plaie)

　　月亮,不挑剔,只触摸熟透的东西。月亮,渐渐地,再听不见窃窃低语。
　　太阳害怕浸沤眼睛的水流。太阳在昏迷者的睡眠里洗清负罪感。
　　火点燃头发与大腿,举行盛宴。火已舍弃,释出灰烬。
　　大地抹净发光的一切。大地复苏,青苔展露笑意。
　　水里塞满排脓绒布,因热烘烘的油渍而胀起。水照见自己的倒影,不再羞惭,滑行,漫步。

风嗅到不净之物。风飞起,撒下种子,忘了那些名字。

弗雷诺(André Frénaud)(1907—1993)

+

战场上的伤员、死者,在月光下、日晒下,被火焚烧、被水浸泡,大地季节转换,抹去往昔的痕迹,风吹起,将种子捎向远方。这一切看来有情有义,如人世的繁华曲折的故事——在诗人眼里。其实,天地无情,早忘了逝者的名字。

印象

或

悬置的时间

**属于多重时刻
与多重印象的世界**

夕阳几度（Soleils couchants）

微弱的晨曦
把重重落日的
忧郁
注入片片田野。
忧郁
用轻柔的歌谣
在重重落日之间
摇晃忘我的心。
陌生的梦，
如道道水岸上
沉落的夕阳。
朱红色幽灵，

行进不停,

行进,正像

硕大的夕阳几度

沉落在道道水岸。

魏尔伦(Paul Verlaine)(1844—1896)

+

  日出,日落。晨曦,暮色。在同一时刻,你感到了时间的开始与结束,世界的起点与终点。在法国濒临北大西洋,那个叫做"天涯海角"的海岸岩壁上;在莫奈蘸满光影的笔端,在魏尔伦尚未被苦艾酒永久灼伤的小调式喉音里……

  斑斓、暧昧、沉郁、希望和期待、最好与最坏……你这样感受着爱,这样感受时代……也许,每一份爱都会相遇这样的地点,每一个时代都会经过这样的时刻。也许,魏尔伦在十九世纪六十年代,如你在新千年里,你们是两根稍稍敏感的心弦,比其他人更容易被拨响。

  世界被悬置在一个时刻里,意识像画室里调暗的灯、一双强光下微阖的眼睛,以朴素、客观、近乎被动的方式，捕捉与记录，水波般层层到来的印象。取消主题、纲领、线条、重点，像梦与音乐一样轻、流动，思无邪。

外在世界的唯一性，与内在世界的确定性，同时被否定。在"内画"（paysage interieur）里，太阳是复数的——是属于多个时刻，在多重印象中呈现的——像一队行进中的朱红色幽灵，经过天宇，偶尔落在意识的岸上，或从那里升起。

逃离
记忆的陷阱

一排照明灯亮起……（La rampe s'allume…）

　　一排照明灯亮起。海浪的一侧，如琴键闪烁。夜光藻，组成一道长链。能听到沙滩上动物们的窸窣声，如一阵风，沸腾后慢慢四散。

　　船满载而至。水影中，水母披着流动玻璃做成的长袍，侧身升起，像这溽热的夏夜里最早的梦，浮出海面。

　　奇形怪状的过客，如远浪浮现，会聚于此，轻柔神秘。缓慢的身影，拔地而起，在空中飘移，像披挂巨大棕榈叶的树。幽灵在脆弱一刻，列队穿过堤岸，时间深处的乐音和迷思，在此与自己的尽头相遇。房前，明亮如昨的花园，此刻一片黑暗，熟悉的脚步，唤起死去的玫瑰……

旧日的渴望，在灯光中不断挣扎……有些记忆，没人敢把它们从躲避的巢臼拔出，呼喊的声音，似能刺穿我们的身体……它们发出明确的信号。那天当我们走过沙滩，它们向我们哭号，像长着金色小脚的温柔的白鸟，被水沫追得飞跑。它们为不尽的悔恨哭号。它们哭号，为了空气中那久久不散的咸味和焦味，直到拐角……

起风了。海咆哮，黑色的光泽，将航线搅成一团。灯塔双手紧握，在星空中转动血色的酒杯，一只胳膊伸过海，触摸玻璃窗与我的前额。此刻，我远在黑色原野一隅的孤寂的驿所。

法尔格（Leon-Paul Fargue）（1876—1947）

+

一瞬间有多广袤、深远、丰饶？普鲁斯特用七册长卷，为一瞬间作注。一切，始于甜饼与一杯热茶的相遇。坐在此刻时光幽暗而记忆澄明的花园里的法尔格，听到一串脚步声，追赶着死去的玫瑰……

一排照明灯亮起，照亮了海，弹奏起黑白相间的琴键，如梦如幻的景物，一一复苏、浮现，回到时间的深处、命运的尽头。诗人说，旧日的热望与余恨，未敢唤起，却像沉入记忆之海的幽灵，当你从岸边经过时，它们化作停不下舞步的小鸟，追赶而来。迷失在黑暗的、咆哮的记忆之海。一支生命中神秘的灯塔，将搭救并把你送回现实之路上暂居的驿站。

　　一瞬间有无限的尺度，它同时向着往昔与未来洞开。你同时被两侧的光芒照亮，也可能为任何一方俘获，沦为它的奴仆。你知道，你只是此刻的主人。你用"命"，填充其中无底的空洞。

逃离
憧憬的陷阱

跋（Postface）

  一根镶金饰的长臂，自树冠滑落，在枝间叮咚。树上的花与叶相拥一处，侧耳倾听。我看见玻璃蛇在夜的甜蜜里滑行。狄安娜[1]俯在池塘上，佩戴她的面具。缎子鞋跑过林间空地，像一声天空的召唤，重又溶入地平线。夜船，整装待发。

  将有人到来，在这生铁长椅上坐下。将有人看到这一切，而我已不再。月光将遗忘对它如此心仪的人们，没有记忆照亮我们的面孔，没有眼泪挽留我们的爱情。黑暗的窗，一对陌生人在灰色长街踯躅。那些

---

[1] 狄安娜：罗马神话中的月神、狩猎之神、生育之神、动物与自然守护之神。三位处女之神之一，发誓终身不嫁。

声音，别人的声音歌唱，别人的眼睛落泪，在一间新的屋中。一切将成就，一切被原谅，新绿的林中，装着新痛，也许有一日，为了新欢，上帝将奉上曾允诺给我们的欢乐。

法尔格（Leon-Paul Fargue）（1876—1947）

+

也许将有那么一个美妙的夜晚：月亮女神狄安娜下凡，我听到她身上的金饰在树枝间叮咚作响，还有蛇行般到来的幸福那甜蜜的唏嗦声，我看到水塘映出处女之神面具后皎洁的面庞……一切如两只穿着缎子鞋的脚，轻快地穿过林间空地，像应着天空的召唤，倏地消逝不见，溶入远方的地平线……登上船，驶入无边的夜的海洋。

也许将有那么一个美好的夜晚。

可是，这一夜发生在"后来"，在你如一本书的人生的"后记"之中，对你又有何意义？那么，耐心等待，当这样美妙的时刻到来，请把握住现在。

从立体呈现
到抽象真实

建构（Construction）

  色彩，色彩，繁多的色彩。这儿，雷捷[1]随第三时代的太阳膨胀，变硬、固定，静物、地壳、液体、雾霭，褪色的一切，云状几何图形，收缩的铅垂线，骨化。机车。万物麇集，精神突然激活，像动物和植物一样依次穿上外衣，匪夷所思地，画儿这样变成一个运动的巨大物体。车轮、生命、机器、人类灵魂、七十五毫米炮膛，我的肖像。

桑德拉尔（Blaise Cendrars）（1887—1961）

---

[1] 雷捷（1881—1955）：立体主义画家，波普艺术先驱。

✦

桑德拉尔，诗人的笔名，意指"炭火、灰烬"。对桑德拉尔来说，写作即燃烧，是同时毁灭与永生的方式。"写作，即燃烧自己……写作是一团火，在火焰中升腾纷繁的思想，一组组意象被燃尽，被降解为余烬与炭灰。火里有一股神秘的自发之力。写作，意味着焚身侍火，亦是从灰烬中再生之径。"

诗人借此提出自己的立体主义美学——视觉的、直观的、浓缩的、破碎的、灵动的、强烈的、对比的，像电影一样——借以捕捉瞬时发生的多重经验，与第一次世界大战后以毁灭为宗旨的"达达"相区隔。

这位来自瑞士的少年，选择"在路上"度过一生，逃离生活与艺术中的停滞，寻求对比、冒险和多样性：逃学、离家出走、莫斯科、西伯利亚快车、纽约饥饿的感恩节、埃菲尔铁塔放歌，与阿波利奈尔相互影响，在一战中失去右臂、在二战中在普罗旺斯山间养蜂，在蒙帕纳斯大街丁香花圃咖啡店、在海明威窥视下用一只手卷烟，驾驶跑车、与女人们恋爱，拍电影，登上阿姆斯特丹到布宜诺斯艾利斯的海轮。行动，一切行动至上。

与雷捷、德劳内夫妇一道，桑德拉尔从拆解与并置的立体主义，走向抒情与抽象之路。想象在一列越来越快的火车上，窗外的景色开始旋转、依稀可辨，继而流动成线条、色块。在一个加速度的世界里，具象越来越是假象，抽象越来越真实——抽象提炼的印象，更完整和持久。同时，拉开距离、站上更高的水平线观察，克服不适带来的晕眩。通过一次次拆解、毁灭、组合、抽象，你不仅反复获得再造经验的喜悦，也令一个孤寂而浪漫的灵魂得以保全。

桑德拉尔是波德莱尔在巴黎的阴湿酒店里苦吟之梦幻化的肉身，是兰波撒落在二十世纪大地与海洋上并生根开花的缤纷火花。与超现实主义者不同，桑德拉尔说：你的路在自己脚下，而不是以梦为马。

从拆解并置
到光影流动

戏(Drame)

  变大的圆——断头台,电影的真实,罪恶的秘密——在你脖子上滑过更细的绳索。更加生动的眼神,你陈列中的灵魂。你没觉察,这就是电。膨胀的特征被几乎抹净,激情令一屋子里的头转动,可黑暗中,没一人叫喊,手枪响处、了无一声。它如何引出,那杂技般炫目的传说?电流超人的能量,将故事启动。灰心的警探,倒毙在窗前。

勒韦迪(Pierre Reverdy)(1889—1960)

立体主义、默片、梦、超现实主义。相距遥远的、不可思议的、对比鲜明的意象被并置在一起。立体主义是二维呈现的蒙太奇。"手枪响处、了无一声"，此处无声胜有声。情节被打开，故事被铺陈，秘密泄露，激情流溢，关注的眼底，灵魂曝露无遗。光的速度，取消了空间距离，意象的组合与移动，以梦的逻辑。推动着这一切的，是电的力量。画面内的警探，画面外的好奇者，得到启示，却寻不到一丝线索。

**潜意识暗海上
生起的乡愁**

蒙得维的亚[1]（Montévidéo）

　　我出生时，窗外一辆崭新的马车经过。车夫用一记响鞭，叫醒黎明。夜的群岛，仍漂浮在如水的曦光之上。墙醒来，与睡在墙里的碾碎的沙砾。

　　我的一小块儿灵魂，沿蓝色的轨道翱翔，天空做背景。另外一小块儿灵魂，融进与飞舞的纸片一角，继而在石头上跌掉，守护着自己被囚禁的热情。

　　清晨，数着它的鸟群，总要重新开始。桉树的香味，把自己托付给舒展的微风。靠大西洋的乌拉圭，空气如此友善、放松，来自海平线的色彩靠近，为了看清屋宇。

---

[1] 乌拉圭首都，诗人出生之地。

是我，正在无声的密林深处诞生，新芽迟迟，直到海底的水藻卷起，让风相信自己能够下沉。

地球转动，转动不停，用大气与它的子民们相认，那浪尖上戏水者摇摆的头，或那淡水深处潜水员舞动的脚。

苏佩维埃拉（Jules Supervielle）（1884—1960）

+

蒙得维的亚，诗人的出生之地。每次念到这个遥远的名字，如听到"一记响鞭"，记忆乘着"崭新的马车"归来。苏佩维埃拉目睹自己诞生，或者说，在回忆里经历再生。为意识表面蒙蔽的夜，被梦之曦光照亮，时间之墙与破碎的记忆纷纷苏醒。

你潜入意识之下的世界：灵魂在空中自由遨游；书写在纸上的情绪，跌落中守护着热情。乡愁是记忆的一种方式，如鸟群之于清晨、风之于树香、空气之于色彩——"总要重新开始"——你则像黎明前的黑暗中一栋空屋，乡愁给你形状，记忆将你填充。你像新芽一样抽出，像海藻一样潜入深海。回到原初，每一个动作，都是与世界的相遇、相认、相知。

寻找潜意识
暗海上的"尾波"

远海（Haute mer）

  在月亮与鸟群之间，盘踞海底的月亮与鸟群，人们在海面上，靠阅读癫狂的水沫认出它们。
  在盲目的证据之间，千万条鱼水下的尾波，千万条鱼没有脸孔，在彼此之间将经过的路藏起。
  溺水者寻找那首歌，他的童年在歌声里生长，他徒劳地倾听贝壳，将它们投进黑暗的水底。

苏佩维埃拉（Jules Supervielle）（1884—1960）

+

  月亮与鸟群，哪个是真相、哪个是幻象？因于意识之表的你,无法潜入意识下的深海,看个究竟,只有"尾波"一样的蛛丝马迹。事物本身藏起面孔,并抹去了来路和去路。在潜意识的幽暗里,你如一个溺水者般无助,摸索着回到最初,或落入更深的黑暗。

记忆
像一个在垂死中颤抖的空洞

在没有时间的树林里（Dans le forêt sans heures）

  在没有时间的树林里，一棵大树被伐倒。垂直的空洞，以树干的形状，在放平的树桩旁颤动。
  鸟群，找啊找，曾安放鸟巢的地方，高处的记忆，尚未完全褪去。

苏佩维埃拉（Jules Supervielle）（1884—1960）

+

  在这个时代，你正经历着的巨变，一边毁灭自然，一边消弭你的记忆。记忆，如同一个曾注满生命而此刻在垂死中颤抖的空洞。那是你曾经的家,家园被捣毁,家园的记忆正在褪色。

浮出潜意识
暗海的记忆符号

鱼群（Les Poissons）

  来自海湾深处的鱼群,让我如何安置你们舒缓的记忆。除了一片水沫与暗影,我对你们一无所知。总有一日,你们像我,也要死去。
  为何来拷问我的梦,难道我能将你们挽救?回到海里去吧,把我留在干燥的土地上。命中如此,我们没有相容的岁月。

苏佩维埃拉（Jules Supervielle）(1884—1960)

+

  穿过幽暗的潜意识之海,漂浮上来的记忆,与你形同陌路。除了一些蛛丝马迹，让你隐约感到——记忆与你之间——一些早已失落的联系。而那些来自你体内——过往生活的深处——的记忆，必将与你一同老去，消灭。回不去了，你的记忆与你，相望——相忘——于海陆之间。

梦展开
包裹在人生"中点"里的浮世绘

半程点（Mi-Route）

在时光中确定的一刻，人到达他生命精准的中点，短于一秒，时间里比一瞥更快的一瞬，比爱的眩晕达到巅峰那一刻还要迅速，超过光速。人敏锐地感到这一时刻。

枝叶下漫长的马路，向一个女郎安睡的塔延伸，她的美丽在亲吻下不老、在季节里长青，像风中的星辰、浪间的岩石。

一艘船颠簸、下冲、尖叫。树顶一支旗帜，呼啦啦作响。梳妆整齐的一个女郎，长袜垂在鞋上，在街角出现，兴奋地颤抖，用手护住一盏冒烟的古灯。

还有喝醉的装卸工在桥边唱歌；还有一个女人咬住情郎的嘴唇；还有一只玫瑰花瓣落在空床上；还

有三支钟摆相隔数分钟,敲响同一时刻;还有一个男人在街上掉头,有人叫了他的名字,可出声的女人在叫另外一人;还有,一位盛装的部长,被他掖在裤子和裤衩间的衬衣衣摆难受地束缚着,为一座孤儿院开幕;还有一辆卡车,在夜里以最快速度驶过空空的街道,车上一只神奇的番茄,滚落到水沟里,稍晚将被扫走;还有一座公寓六楼着火,在这座一声不出、无所谓的城市中心燃烧;还有一个男人听到一首歌,那是一首早被遗忘并将被再次遗忘的歌;还有众多事物,人在他生命中点确定的一刻,看到其它许许多多事物,那在大地上短暂时刻中最短的一刻里长久转动的额外事物。他隐约感到,这一秒钟的秘密,这一秒钟的一小部分。

而他说:"驱赶这些幽思",他驱赶这些幽思。他还能说什么,他还能做什么,比这更好?

德斯诺(Robert Desnos)(1900—1945)

+

或早或晚,每个人抵达生命中的"中点",就像在每个人的世界里,都有一个"尽头"。从那儿开始,一切都向后,向下,朝向与起点莫辩的终点。只是,只有抵达这一点很长时间之后,你才意识到它的发生,开始慢慢体会它的意味。

那么短暂,像被一颗子弹击中所用的时间[1]。像一个幽灵,跌跌撞撞地走在漫长的马路上,向着睡着一位青春永驻的女郎的危楼。像一艘被海浪抛起的船、一柄被风展开的旗、一只女郎腿上滑落的丝袜,向着那个时刻—— 一盏冒烟的古灯。

这比一秒中还短的时刻,像一幅紧紧卷起的浮世绘,上面画满人与物,他们的故事,其间的所有曲折和细节,还有许许多多被忽视、忽略的东西,此刻你隐隐感知到它们的存在。

这一切,只能靠幽思捕捉,只能如此。

---

[1] 萨特在《脏手》中老辣地指出,人生像一粒荒唐时刻射出的子弹,只有在射出后,才能为死(包括生)选择一个说得清的意义。

存在
是一座"待沽的房屋"

待沽的房屋（Maison à vendre）

那么多人曾在此居住，他们钟意旧爱、将它唤醒、掸去尘土。无底的井中，没有月影，旧人已去，未带走一物。藤蔓浮动，在昨日阳光下，留下烟灰与咖啡渣。我将自己投入磨损的梦。我喜欢他人灵魂的积垢，溶入金榴石上的条纹，那些失败的绩业，留下了沉渣。

门房，我要买，我要买下这栋木屋。如果我中了旧屋的毒，那就与它共赴一炬。人们将打开窗……挂起牌子。一个人进来，吸口气，重新开始。

弗雷诺（André Frénaud）（1907—1993）

想象一下：你住的房屋，随你的心情或明或暗，灰尘长进桌面，一只老鼠因绝望自寻短见。梦是一件外衣，情绪如万物内在的生命。哲学、主义和法则不足为训——只会加快灭亡到来——唯有恋爱和爵士乐可以信赖和依靠。

这是小说《岁月的泡沫》呈现的镜像。作者鲍里斯·维昂，一位爵士乐手。小说写于1947年，曾被法国人列为二十世纪最伟大的十本书之一。

你在路上经过一栋"待沽的房屋"，之前的主人或租客，也许正是维昂。一栋房子，一枚琥珀，一个身体，被一个人内在与外在的经历改变、塑形、上色。时间被锁在这些生活的"纪念物"中，流连往复，等着新主人打开，才能重又向前流动。既然世界——这座"待沽的房屋"——将因你而改变、再次命名，那么"……进来，吸口气，重新开始"。

绝对静止
是幻觉或死亡

迁移（致 Yvonne Zervos）（Migration）

  葡萄的重量修改了叶子的位置。山稍稍滑动，尚未从时代脱落。当粪虫迈步穿过粘土的尸堆，向着那抽搐的黄色琥珀，在与惯性的关联之中。
  安全感是一种芳香的气味。有象征意义的单调之人，终日住在监牢里，可他的狱室，此刻置于自由之中。运动与情感，重新组合数学的弹弓。神奇的模拟器，沉溺在自身运行里，将幽灵之手四只禁忌的指头，唤回史前悲剧之夜，重返它研修的场所，第六感充沛之地。差强人意的客厅里，冰冷的大号方砖上，梦中客与被爱的人——只有真人才能如此不堪——没完没了地亲吻彼此淌着口水的嘴。

夏尔（René Char）（1907—1988）

+

你在一幅静物画里依次看到：葡萄、山、粪虫、客厅、熟睡的情侣……你观察着看似平静的表面下，那些细微而重要的动作。静止，如所谓"安全"，只是一种幻觉。即使是乏味之人，用来包裹自己生活的"套儿"——狱室——也是悬置在自由空间中的一点，平衡随时可能打破。欲望与行动，组合出世间的万象。记忆重组过去，预感模拟未来。情侣在睡梦里亲着彼此浸着口水的嘴唇，静物的美感丧失殆尽，却鼓动着生的迹象。在法语中，静物之"静"，即物的死亡。

照进

现实

之梦

预警战争
之梦

战争（La Guerre）

  外面的大街，夜，全是雪；强盗是士兵；我被笑声和军刀袭击，被剥皮；我逃掉，又在另一个路口跌倒。这儿，在兵营的院子，还是酒馆的天井？到处是刀！到处是矛！雪在下！我被扎了一针：那是杀我的毒药；一个罩着黑纱的瘦骨嶙峋的头，咬我的手指。粼粼的波浪，把我的死亡之光，投射在雪上。

雅各布（Max Jacob）（1876—1944）

+

  这是有关一场终将——即将——爆发的战争的梦。

在梦里，雅各布在他一生所焦虑的场景中，如期沦为被侮辱、围捕、屠戮的对象。

梦比现实更真实。在梦里，荒谬变得合理，恐怖更加纯粹。梦的魔力，是赋予做梦者一种可能性。观梦之后，肉体学会避害，精神或被拯救。

来自布列塔尼[1]首府坎贝尔城中的犹太少年，在他的成长年代，曾亲历将世纪末的法国撕扯分裂的"德雷福斯"冤案，一个犹太军官被以虚构的罪名流放，成为进步与反动势力辩论、斗争的标的。经过"美好时代"[2]，大战似晴天霹雳，像上帝的麦客，提早收割青青的麦田。人们尚未从过多死亡的阴影中自拔，"疯狂时代"[3]的繁花，就被一场全球经济危机打扫进深渊。世道进一步分裂，不同成色的专制势力崛起，意大利、德国、西班牙纷纷陷落，民主欧洲且行且退，试图推迟冲突的阴云。犹太民族再次被放在刀俎之间。噩梦投入现实的暗影，又加深了一层。

---

[1] 法国西北部省份，西临大西洋、北面英吉利海峡。
[2] 指十九世纪末到第一次世界大战爆发。
[3] 指二十世纪二十年代。

预警沦陷
与灭亡之梦

八月,一九三九(Août 39)

车在人行道上奔驰,为了把我撞碎。

医院逃出的老病号,终日荡来荡去,弯腰正捡烟头。他抬起身,向我做了个恐怖的鬼脸,眉毛垂到眼上。我当什么都没发生,走过又走回。我看到他微微地笑,向路上吐口水,撞开了两块砖头。

为什么没一艘蓝白相间的船——国王蓝与白色——挂着救生筏巨大的桨翼,马上打幽暗的绿色河上经过?河水平静,连睡莲都去与牧场上的草叶一起安眠。船,不会经过。

在劈开河水的桥头,一个警察掏出他的记事本。

夜罩着天空,丧钟鸣响。老有所养的人们急急地关上百叶窗,而他们的狗亡命天涯。全世界都已走空,一盏灯笼——在那里——藏在一截黑色的断木后。站在街边的水沟里,我感到油污的水,正吸走我体内全部的血。

雅各布(Max Jacob)(1876—1944)

+

1939 年 8 月,纳粹德国与赤色苏联签订互不侵犯盟约。一个月后,纳粹德国侵入波兰,英法被再次拖入战争。1940 年 6 月,法国媾和、半壁江山沦陷。数月之后,针对犹太人的第一次"围捕"到来。再过一年,盖世太保在法国建队,犹太人被限行,强制在胸前佩戴"黄星"。1942 年 7 月,规模最大一次围捕在巴黎冬季自行车馆上演。1944 年春,纳粹德军与维希辅警疯狂围剿抵抗运动与犹太人。自 1940 年到 1944 年 8 月解放,法国共有愈七万名犹太人被围捕、送往死亡集中营。雅各布,作为七万分之一,于 1944 年 2 月,被盖世太保从隐居乡下的寓所带走,送往巴黎东北郊臭名昭著的"德朗西"集中营,两周后死于肺炎。

闪回(一):8 月,1939 年。大战还未爆发,一切皆有可能。而诗人的梦里,一派末日景象已清晰毕现，厄运如电影场景纷至沓来：我被疯狂的汽车撞碎；逃出医院，无家可归，老无尊严——可怕的是，这一切竟在自己漠然的注视中发生；比石头更坚硬的口水；如塞纳河流过的"命数"之上，没有一艘传说中载满救生艇的大船经过；无船可乘，无桥可渡，桥上由拦住并将带走我的警察把守；热血被污水置换，富裕的人们选择视而不见；丧钟长鸣，命贱如犬，靠浪迹天涯偷生。

世界都已走空。灯笼如飘摇的希望，藏在一截黑色的断木后。

闪回（二）：三十年前，诗人来到"美好时代"的巴黎，汇入现代主义新潮，聚集于巴黎艺术青年聚居的宿舍、工作室、俱乐部——那座诗人命名为"洗衣船"（le bateau lavoir）的小楼，一边想象即将展开的二十世纪，一边为想象创制最新的方式与工具。

闪回（三）：10月，2013年。"洗衣船"前小广场，树影婆娑，阳光澄明如擦净的玻璃。你仰望现代主义枝繁叶茂的大树，想象立体主义和野兽派绽放的花朵，伸手触摸毕加索、马蒂斯、勃拉克、阿波利奈尔、莫迪里亚尼累累硕果。你一下子找到想象雅各布的方式：在深深的树桠间，一截烧焦的黑色断木，万花筒式的星空（艺术）与上帝的手臂（宗教）都不能拯救。

以梦为舟
探索未知

我体内的夜……（Nuit en moi…）

  我体内的夜,与外面的夜,把她们的星星搅拌在一起,令其身处险境却不知情。在两个熟悉的夜之间,我奋力划桨,然后停下注视。我竟能远远地望着自己!我不过是一个微弱的小点儿,快速地闪动、喘息,被深深的水环绕。夜触摸我的身体,说你这待捕的猎物。不过这是哪个夜,外面的还是体内的?黑暗一体、轮转,天空与血搅拌在一起。消逝许久之后,我才辨清自己的航迹,隐约藏身在群星之中。

苏佩维埃拉（Jules Supervielle）（1884—1960）

你从深海抬起手,指向夜空。两片黑暗之地,一个是你潜意识的疆域,一个是诞生并将埋葬你生命的寰宇。你如一颗微小的星,向着内与外两个方向探索,如同投奔无底的深渊——天地不仁,以万物为刍狗,正如你生命本能的活水,载你也能覆你。两个世界相连,边界莫辩,在无边无岸的无助里,你只能依靠时间,厘清自己的航迹。

以梦为马
自由与迷失

天空（Plein Ciel）

　　我曾驾着一匹马,在天空的原野上,投身炽热的日光。什么都不能阻止我,我不知不觉、一往无前。与其说是马,不如说是一叶扁舟;与其说是一叶扁舟,不如说是一个欲望。那是一匹马,谁都见不到的马,骏马的头、狂想般的皮毛、风一样嘶吼、喷薄。

　　我骑马向前,不断召唤:"跟我上路,来啊,我最好的朋友,大路澄净,天空辽阔。不过,谁在说话?在这个高度,我迷失了视野,你们可看得清我?我就是刚才说话的那个,此刻说话的,可还是我?朋友们,你们还是你们吗?一个抹去一个,在升腾中改变。"

苏佩维埃拉（Jules Supervielle）（1884—1960）

十

深海，一叶扁舟。天空，以梦为马。梦，以欲望驱驰之马。在高处，如在深渊，一样会迷失。

梦是一次
催生奇遇的行走

向日葵（致勒韦迪）（Tournesol）

　　夏天陷落之日，女游客踮脚走过中央菜市场，绝望在天上转动硕大的海芋，手提包里装着我的梦和一小瓶盐，上帝的教母独自喘了口气，慵懒似蔓延的蒸汽。
　　……
　　我不是任何官能的玩偶，尽管蟋蟀在灰色的头发里唱歌，埃蒂安·马塞尔雕像旁的一夜，向我投来意会的一眼，他说安德烈·布勒东打此经过。

布勒东（André Breton）（1896—1966）

+

梦像太阳，熟悉的城市，向着它转动，奇异之花纷纷开放。

直接触摸
事物的心脏

醒觉（Vigilance）

在巴黎，圣雅克塔[1]摇摇晃晃，像一只向日葵，不时迎面跌入塞纳河，碎影在拖船间难以觉察地滑行。

此刻，我在睡梦里，踮起脚趾。我走向卧室，我平躺在那里，我点火，为了把人们从我身体里拔出的默许，烧得不留一点痕迹。家具给同样大小的动物让出位置，他们像弟兄一样盯着我看，椅子在狮子的长鬃里燃尽，白肚皮的鲨鱼吞下床单最后的颤动。

在爱与蓝色睫毛的一刻，我看到轮到我燃烧，我

---

[1] 圣雅克塔（Tour Saint-Jacques）：位于巴黎4区，塔有500年历史。原是 Saint-Jacques-de-la-Boucherie 教堂的钟楼，法国大革命期间，教堂被拆除，石料被出售，剩下了这座孤楼。1836年，巴黎市买下钟楼，在周围建起花园，从此被称作圣雅克塔。塔高54米，加上塔顶的 Saint-Jacques 雕像，共62米高，是俯瞰巴黎老城区的制高点之一。

看到这庄严的虚无的藏身之地——我的身体——正被白鹳般的火的喙耐心叼啄。当一切终结，我无形地登上方舟，没留意生命的过客，走远的沉重脚步。

我穿过山楂花雨，看见太阳的轮廓，我听到人类的织物划破，似一片巨大的树叶。不在与在[1]自有默契，在它们的利爪下，所有织机湮灭，只留下薰香的蕾丝，蕾丝的贝壳有乳房完美的形状，我只触摸事物的心脏，手牵线索不放。

布勒东（André Breton）（1896—1966）

+

梦，是一种发现与再造的方式。睡眠，比醒更警觉。

从醒到梦一瞬间，意识像危楼圣雅克塔，像一只向日葵花，旋转着倒下，世界镜像的碎片，被梦的河流浮起，无声无迹漂流。

你"踮起脚趾"，穿过卧室，释出被人与人之间的默契所压抑的想象力，如放火烧屋。烈焰里，尘世

---

[1] 不在与在：指"死亡与生命"，"虚无与存在"，"虚与实"。

的摆设灰飞烟灭，你与本能凶猛的动物同根同源、情似手足。梦中的火鸟，啄碎囚困你的肉身，直到你如一个幽灵脱身，超越生命的苦痛和沉重。

你穿过缤纷、透彻的景象，接近了终极的光源——在太阳的烛照下——人世上生生灭灭，如自然界草荣草枯，尽在死亡与生命、虚无与存在的默契转换之间。你通过梦，追寻着时间中的实情，以及它的气味、形状、温度、线索、情致与美。

爱
你体内的指针

一望无际（顺我身体的指针）
（A perte de vue dans le sens de mon corps）

所有树、枝蔓、叶片，岩石下的草，大片房屋，远处沐浴在你眼底的海。这些景象，日复一日。恶与如此不完美的善。

或然的街上，过客通体透明，经过的女人被你执着的找寻吐出，你把心思固定在铅心与处女的嘴唇之上。恶与如此不完美的善。

默许的眼神与被你征服的眼睛，如此相像。身体的倦怠与热望，难以分辨。词语模仿态度和思想。恶与如此不完美的善。

爱,即未完成的人。

艾吕雅(Paul Eluard)(1895—1952)

+

自然中万物,一枯一荣,阴晴圆缺。你经历的,不过是一个瞬间、世界的一个面向。"此事古难全"[1]。

人世上,偶然多于必然,必然是执着的心中的幻想,执着来自被思辨或情欲纠缠的一念。"天若有情天亦老"[2]。

你难辩情欲间细腻的差别,分不清词与意、梦与真。"庄生晓梦迷蝴蝶"[3]。

世界一望无际,靠什么导航?艾吕雅说,靠你身体内的指针——爱——爱的本能,领你走完未尽之路,填补世界的缺憾。

---

[1] 苏轼《水调歌头:丙辰中秋》。
[2] 李贺《金铜仙人辞汉歌》。
[3] 李商隐《锦瑟》。

吞噬现实
之梦

我总梦见你（J'ai tant rêvé de toi）

  我总梦见你，你不再真实。

  还有时间吗，触碰这活生生的肉体、亲吻这张嘴？从那里发出我如此欢喜的声音。

  我总梦见你，习惯将你的倩影搅在胸前的手臂，都不再能为你的肉身弯曲，也许。

  还有，当让我魂牵梦绕、岁岁年年令我拜倒在膝下的你真正显现，我恐怕只剩一个空影。

  啊，情感的天平。

  我总梦见你，我可能已无暇醒来。我睡着，双脚站立，身体曝露于生活和爱情的每一次展示。今朝对我，只你重要，我却不能比触到更早来到我面前的额头和嘴唇，更先触摸你的额头和嘴唇。

> 我梦见你这么多，与你的幻影同行、说话、拥眠，大约我什么也没剩下，我只是幻影中的一个幻影，比幽灵幽暗百倍，在你生命的日晷上轻巧地漫步、不停漫步。

德斯诺（Robert Desnos）（1900—1945）

+

  1922年，当布勒东与阿拉贡发现德斯诺时，他们意识到，这个来自巴黎右岸的青年，才是"以梦为马"的"自动写作"先驱。德斯诺比谁都更能自发、自如地陷入梦境，沿梦之河潜游，发现、记录、歌唱。

  汇入又游离于超现实主义运动之外，德斯诺作为一个真正的梦者终其一生，以梦解放自己、预见未来、追求爱。爱，激发想象力的爱，往往是幻想中的对象，诗人为之魂牵梦绕而不得，却在现实的一次次败落中、空洞无望的求索里，不断磨练生活的才华和能力。

  与此同时，德斯诺不忘提示梦的危险，梦对灵魂的占有，对现实感的剥夺。梦争夺着你有限的生命，使你失去接近"活生生肉体"的时机。你的双臂变得僵硬，无法环抱现实中的对象。在梦里，你失去了透视感、距离感。梦把你变做在日暈上跳舞的幽灵。

对久居幽暗梦境的你来说，现实世界变得过于坚硬而刺眼。在与现实的比对下，你"是幻影中的一个幻影，比幽灵幽暗百倍"。你失去了将爱的对象拥入怀里的力量，也失去了直视并作用于现实的生命存在。

从法国陷落伊始，德斯诺即投入抵抗运动。1944年，诗人遭盖世太保逮捕，被先后转至波兰与捷克的死亡集中营。一次在押赴刑场的路上，德斯诺开始一一给车上的死刑犯们大声"算命"：你将幸福地寿终正寝！这出格的"行为艺术"，令狱卒乱了阵脚，临时请示取消了当日的行刑安排。

德斯诺在狱中坚持到解放，却在初获自由的日子里死于伤寒。当人们发现诗人，他已被饥饿、苦役、伤病折磨成"比幽灵幽暗百倍"的"幻影中的一个幻影"。人们误将翻译成捷克文的《我总梦见你》最后一节，当作德斯诺的绝笔，译回法文，在重获自由的巴黎天空下传唱。

照亮现实
之梦

随机的命运（致 Georges Malkine[1]）（Destinée arbitraire）

　　圣战时代降临。关闭的窗外，鸟们说个不停，像水族馆里的鱼群。店铺前，一个漂亮女人微笑。欢乐，你只是封蜡，而我似一朵磷火经过。大队护卫，追赶一只从疯人院逃逸的无害蝴蝶。它在我手里，化成一条蕾丝亵裤与鹰的肉身。噢，当我抚摸您，您变做我的梦。明天，人们将被安葬却不用付一文钱、不再受流感之苦、说花的语言、点亮现在无法想见的明灯。不过今天还是今天。我感到，我即将启程，像六月的麦子。军警递给我手铐。雕像转身不从。在底座上，我刻下受到的羞辱，和最可怕敌人的名字。在远

---

[1] Georges Malkine（1898—1970）：超现实主义画家，抽象现实主义画派先驱。

洋的水浪间,女人曼妙的身体引来鱼鲨。它们浮出海面,陶醉于自己在天空中的倒影,不敢下口咬那胸脯、可口的胸脯。

德斯诺(Robert Desnos)(1900—1945)

+

像在某些无声的梦里,世界如一幅长卷展开,命运像一场强烈的风切变袭来,你蓦然洞悉了人世的全部秘密。

二十世纪三十年代,德斯诺预感到,新的大战即将到来,世界像一只透明的鱼缸,囚禁着慌乱的鸟儿和鱼群。女人的微笑停在一张旧照片上,幸福是封存的记忆。我像一枚磷火,行走在日夜莫辩的世间。无邪的欲望,变幻着性状,梦一般轻盈,却难逃命运的追捕。澄明美好的未来,只是未来。今天,我将像六月的麦子被收割[1]。在照进现实的梦里,我被军警逮捕,只能把耻辱和恐惧,寄存给城中一座雕像。我

---

[1] 二十世纪有些年份,比如1914年、1945年、1966年、1989年,像一把镰刀,将青年与诗人齐齐割下。

多希望，梦就是梦。在梦里，女人与鲨鱼，在如镜的天空下，在同一片海里戏水，陶醉于美、止于伤害。

在现实身上留痕
之梦

斑马（Le Zèbre）

  斑马，黑暗之马，抬起马蹄、闭上双眼，脊骨咯咯作响，发出快意的嘶鸣。向着荒蛮之地的阳光，它逃出马厩，在原野上吃草，带着魔力的草叶。
  可监牢，已在它的毛皮上，烙上铁栏的阴影。

德斯诺（Robert Desnos）(1900—1945)

+

  1945年，当人们在死亡集中营找到德斯诺时，为病中的诗人留影——诗人在世间最后一张照片。照片上，德斯诺身穿黑白条纹囚服，像婴儿一样蜷缩在冰冷的地上。梦是透视未来的利器。德斯诺早已预见了自己，像一匹斑马，原始、狂野、自由，"可监牢，已在它的毛皮上，烙上铁栏的阴影"。

监牢，对你来说，不仅是集中营、古拉格、夹边沟，也是任何以光明的名义推行的专制。"铁栏的阴影"，不仅烙在你的皮肤上，也印在你的灵肉之间，变作穿过世代的记忆，生命携带的变异基因。

连接你与现实
之梦

风景(Le Paysage)

　　我曾梦想爱。我还在爱,而爱不再是一束丁香与玫瑰,让树林里充满芳香,林中小径笔直,尽头一朵焰火正在小憩。我曾梦想爱。我还在爱,而爱不再是雷暴,闪电把城堡像柴堆一样点燃、变形、降解,照亮歧路、继而消逝。

　　爱是夜里我脚下的火石,世间所有字典都无法翻译的词,海上的泡沫,天上的云。万物老去,变得坚硬而发光,像无名的大街与不打结的绳索。我感到自己与风景之间,正在绷紧。

德斯诺(Robert Desnos)(1900—1945)

＋

德斯诺说：爱，不再带来感官的安慰，也不再照亮思绪的歧路。爱是促发想象跳跃的神秘工具，瞬息万变、难以捉摸。爱，启动了梦，通过梦，我想象并发现现实，与现实的风景结成一种紧致、直接、透明的联系。

诗
是梦的结晶

阿勒蒂娜（Artine）

在引我入梦之人的沉静中：

在为我铺好的床上有：一只带血的受伤野兽，与奶油圆蛋糕一样大小，一支铅管，一股劲风，冰冻的贝壳，打光的子弹筒，一只手套的两根手指，一块油渍；没有狱门，有苦涩的味道，玻璃匠的钻石，一根头发，一个日子，一把破椅子，吐丝的蚕，被盗的物什，外衣拉链，驯服的绿头苍蝇，一串珊瑚，鞋匠的钉子，公车的一个轮子。

要给驾垂头的马从塞满人的赛马场飞驰而过的骑手递一杯水，对一方与另一方来说，都意味着彻底失去敏捷的姿态。阿勒蒂娜令人想起，她曾经历这莫大的枯竭。

焦躁的人完全了解从此困扰他大脑的梦境的顺序，尤其在爱统治的领域，在那里，不知餍足的活动在性爱时间之外经常显现。正当同化进行时，在黑夜，在禁闭的温室。

阿勒蒂娜不费吹灰之力，穿越城市之名。是寂静，放出了睡眠。

以"确物"[1]名义被指定与搜集的物件，构成布景的一部分，演出致命系列的情色场面，每日每夜的史诗。收获季节，田野上火热的想象世界转动不止，把挑衅的眼睛与不堪忍受的孤独，交给手握毁灭力量之人。为了非凡的骚动，更好还是彻底依赖它们。

阿勒蒂娜之前的嗜睡状态，为在漂浮废墟的银幕上，放映强烈的印象，带来不可或缺的要素：着火的鸭绒堕入永动的黑暗那深不可测的漩涡。

不顾野兽与飓风，阿勒蒂娜保持着一股不竭的清新。行进中，那是绝对的透明度。

展露阿勒蒂娜之美的器具，在最活跃的压抑里，华丽地升起。好奇的心保持狂热，无动于衷之心极度好奇。

阿勒蒂娜的显现，已超越睡乡的框架——在那里，

---

[1] 夏尔在 nature-morte（静物）基础上造出的新词。

为了与为了，以一种等量齐观的致命暴力被激活——幻化于燃烧的丝绸的皱褶间——上面画满生着灰烬般叶子的树。

至于在一个不停的晚会上招待阿勒蒂娜大群不得永生的敌人，一辆清洗装饰簇新的马车，总是优于一间生满墙硝的公寓。死树般的脸，尤其可憎。两个情夫气喘吁吁地沿大路胡乱赛跑，突然变做一种消遣，让好戏再次在开阔的天空下上演。

有时，一个笨拙的动作，一头撞在阿勒蒂娜胸前，可不是我。大块硫磺慢慢燃尽，没烟冒出，卷入自身的存在，活力四射的静止。

阿勒蒂娜膝上翻开的书，只在阴暗的日子能读。主人公们不期而至，了解重又在他们头上降临的不幸，在无法回避的宿命中，他们将踏上骇人的多重道路。他们只为命数担忧，相貌大多讨人喜欢。他们缓慢地走动，沉默寡言。他们借头部不期然的大幅摆动，来表达欲望。而且看来，他们完全不知彼此的存在。

诗人杀死了他的模特。

夏尔（René Char）（1907—1988）

夏尔的梦，晦涩、敏感、致密、炽烈。在诗人铺好的床上，在引他入梦的人——阿勒蒂娜——的沉静中，有更多互不关联、甚至彼此矛盾之物。夏尔穿过梦的田野，寻找着其中的线索。

梦之河流变迅忽，要捕捉其中的意象，真是一个高难的动作！就像给驱马飞驰过赛场的骑手递上一杯水。我无能为力，梦中人——阿勒蒂娜——忍受着焦渴。

受强烈的情感——爱——驱使，纷至沓来的梦境不断侵扰，令我焦躁不安。

在寂静的睡眠里，梦轻松穿过一座座城市，像笔尖划过地图上它们的名字。

梦的舞台，布景确定而逼真，上演着充满激情与宿命感的史诗。我仿佛看到收获时节，金色的大地，即将被孤独而暴戾的冬天吞噬。我不得不屈服于悲剧之力。

"生"的废墟，如一张银幕，梦在其上反复放映毁灭的场景。

梦不断向前涌动，清新、透彻如风。

梦鼓舞着被压抑的本能、欲望，让无动于衷的我变得好奇，让好奇的我陷入狂热。

梦的火焰，似乎不满足于点燃潜意识里矛盾、角逐之力，已烧出睡眠的画框，点燃了被单，火光照进现实。

梦中的过客，不会永驻，将被一辆簇新的马车带走。死亡的面目可憎。被命运随机驱使的情欲，在天空上不断表演好戏。

在偶尔遭遇的梦境中，我认不出自己是谁，就像一团不冒烟的火焰，静静地燃烧着生命。

即使能读懂梦这本书，预知了命运的安排，我们仍难逃做出令人心惊的选择。远远看去，我们像梦的舞台上，无声、夸张、孤独地表演的玩偶。

梦不是现实的模拟，正如艺术不是现实的模拟。诗人杀死模特——我与模特本是一人，现实即梦。

~

梦比现实宽容，为"奇遇"提供了更旷阔的场景，在"奇遇"碰撞出的火花里，世界的秘密被照亮。

梦是一种力量、更自由的流动，越过理性的平庸和捆绑手脚的"本我"和"超我"，对抗着时间的稀释和惯性的磨损，裹挟着我，涌向属于我的福祉。

诗是词语在梦境中的历险。经过梦的炼金炉，诗是梦的结晶。

国家

个人之国
与人人之国

一九四零（1940）

……我们深深地陷在自己之中，怀抱法兰西，每人都以为正与她独处，旁人无法看清。

每人都手足无措，手捧如此珍贵的宝藏，这面朝天空的身体，就是她吗，我们的祖国？

每人以自己的方式，用无边的胸怀抱住她，在她的脸上映照出自己，像在最深的镜里。

苏佩维埃拉（Jules Supervielle）(1884—1960)

+

1940年5月，第二次世界大战战火烧至法兰西境内。一个月之间，委屈媾和，国土沦丧过半。没有比在国破之日，更能让我清楚感触"国之于我"的时刻。

和平年代，国与每人之间关联的个性，即使被妥协而让渡或遭忽略乃至侵犯，本应高于共性。国破之日，国与每人之间个性的关联，缀连在一起，映出共性的命运场景，如裂土之上完整的天空。国，先是每个人的国。所有人之国，是一个幻象。当幻象打破，落入不再能拾起、重圆的险境，我无法回避感同身受一个家国的伤和爱，必须亲历所有人直接与间接的耻辱。

国，一面碎镜，划破我的皮肤，映出我的面孔。既然不能牺牲，那么必须面对，如面对自己一样，面对怀抱里分裂的国。我变做分裂之国的一小块，守护着记忆的完整，继续个性的人生旅程。

海滨
墓园

瓦雷里
与我

  瓦雷里以一种不同于他人的方式对我言说——不仅仅以诗歌——更以生命的暗示。

  瓦雷里出生在1871年，比我早整整百年。死于1945年。在2012年秋天一个清晨，我预感2045年将是终点。七十四年的人生，不长不短，既顺从宿命、节制对生命长度的渴望，又有足够时间求索、奋斗、领悟、报偿。我自知无力达到瓦雷里的高度，但尾随他百步之后，生命中有足够的诗意，去呈现、创制……

  二十一岁时，瓦雷里经历过一场"存在"危机，为此远离诗歌二十年，在十九世纪末的余辉与二十世纪初的曙光里，专心在精神世界上下求索……一百年后，我陷入对自己的怀疑，被美、爱、善、真的多重价值和目标撕扯，轻率、自私、愚蠢、怯懦、无能、丑陋、沉沦等等自身之恶，一一暴露。逝者如斯，不舍昼夜，时光迅速流逝，一盏一盏熄灭我生命之灯，生命的意义晦暗不明，更哪能妄谈生命的欢乐与热情？

我环顾我的时代，找不到答案，徒增困惑和无力感：……我借诗歌一管之光，回到一百年前法国，寻求答案。瓦雷里站在那个时代的正中点。面对瓦雷里，我可以坦白，这次求索为解惑，更为倾诉、治愈、认定、见证，为能再站起来、勉力前行。

于是，我在巴黎寒冷的夏天第一次出逃，就直奔地中海边的蒙彼利埃，那有瓦雷里的中学，以诗人名字命名的大学；到达蒙彼利埃当日下午，就登上火车，来到瓦雷里生于斯、葬于斯的小镇赛特，来到他的博物馆、聆听反复颂咏的《海滨墓园》，走上枯草覆盖的山坡，斜倚在阳光下的海滨墓园……

于是，翻译《海滨墓园》时，我尽所能找到瓦雷里的生平资料，参阅此诗的汉英数个译本，反复读、比较、逐行、逐段揣摩，尝试为这座精神大厦绘制图纸……我剥离瓦雷里诗句里的格律、音乐，用散文将韵文化开，将语言的琼楼玉宇拆除，炼成二十四块石头，摆放在我与瓦雷里之间……

于是，除了《海滨墓园》评述，我写下《瓦雷里瞬间》，尝试折射他的时代与生涯；另外，我还收入：

+ 拜访赛特与海滨墓园当日的笔记；
+ 顾城的《墓床》，那里有在瓦雷里墓园感受的澄明、静谧，常相厮守令人发疯的纯粹与美；
+ 记录在瓦雷里时代，人类最初探险珠峰的回忆录《走进寂静》中一个片段，写从第一次世界大战阴影里走出、愿以死亡做生命代价的人们，走进绒布山谷，第一次直面珠峰的场景。我曾为瓦雷斯的精神探索与纯诗写作暗叹：那多像在北坡山脊上行走，一旦失足，万劫不复，只为接近最高峰——"因为它在那里"[1]；
+ 宫崎骏电影《起风了》中的故事、人物、历史，与《海滨墓园》的联系，一个民族的探险、"爬得越高摔得越狠"的决绝攀登，以及痛定思痛后对回归生活的渴望。

---

[1] 英国珠峰探险队中的领袖人物马洛里，当被问为什么登山时，说"因为它在那里"。在1924年第三次向极限的冲刺中，马洛里（被推测）成为了人类第一个登顶珠峰的一员，下山路上在北坡走失，尸体于75年后被发现。

风起兮
总要尝试生活

海滨墓园（Le Cimetière marin）

我的灵魂,不求永生,但求尽量领悟实在之义[1]。

穿过耸动的松枝与石墓,看见静谧的穹顶上,群鸽漫步。正午用光焰编织海面,那永动的海!噢,思辨之后的报偿,是长久注视神祇的宁静!

何等的精工巧做与纤细光线,打磨出碎钻般难以琢磨的水沫,何等的平静正在生成!如太阳临深渊停步,烛照一个终极理由的纯粹作品,时间闪亮、梦即是知。

---

[1] 摘自古希腊诗人品达（约前518年—约前438年）的《皮西安颂歌 III》。

稳固的宝藏、密涅瓦[1]素朴的神殿，巨大的宁静、显明的矜持，泰然的水，火幕下在你体内守护着大片安眠的眼睛，噢，我的沉默！……灵魂中的琼楼，万千金瓦铺就的峰巅，穹顶！

时间的庙宇，涵在一声叹息里，这纯粹的一刻，我登楼，适应着高度，环顾大海；如我给众神的至上供奉，这闪烁的从容的目光，在高处播下主人翁高傲而质疑的种子。

如一颗果实在欢乐中融化，在吞噬它的口中，消亡化成快意，我呼吸着来日化作的烟尘，天空向被燃尽的灵魂歌唱，通过海浪的低吟与律动。

美的天空，真的天空，看看我如何衍变！不再高高在上、不再深陷强大却难以言表的倦怠，我把自己交给这光明的空间，我的影子从逝者的屋宇上掠过，我驯服于它轻盈的动作。

像一个灵魂曝露在夏至的光炬下，我承受着你，可敬的、光明的正义裁决者，你佩戴着不带一丝怜悯的利器！我将你复位于至纯至上的位置：看看你！……不过，孕育光明，意味着同时带来阴影，那悲戚的另一半。

---

[1] 密涅瓦：罗马神话中的智慧女神。

噢，只为我、我一人，在我体内、心的周围、诗的源头，空虚与纯粹的结局降临，我等待内心的宏大发出回声，像一只苦涩、幽暗、低鸣的水罐，永远指向未来的空洞，在灵魂深处轰鸣。

知道吗？你佯装被树叶俘获，像海湾咬啮这些嶙峋的铁栏[1]，掠过我闭合的双眼与眩目的秘密，哪个尸身将我拖到它疲惫的终点，哪张面孔将它引入到这片埋藏骨殖的土地？一颗火花，思忖着我生命中的逝者。

这片关闭的圣地，在无形的火焰下，土地的碎块奉献给天国之光，这里令我欢喜，被烛炬主导，由金子、石头和树荫构成，森森的大理石在丛丛暗影上摇曳：忠实的海，倚在我的墓群上安睡！

出色的母犬，驱离了朝圣者！带着牧人的微笑，我独自一人放牧神秘的羊群，我那成片的、宁静的白色坟墓，把蹑手蹑脚的鸽子赶得远远，以及空洞的梦、好奇的天使！

未来降临，一派倦怠。麻利的昆虫刨着干土；万物烤焦、萎顿，化入空气，融进无名而无华的元

---

[1] 穿过墓园的铁栏，看得见下面从海岸直到天边的地中海，海面被风吹皱，远看像唇齿慢慢蠕动。

素……生命广袤，迷醉于逝者，苦涩品来甜蜜，精神一片清明。

逝者善藏在这片土地之下，土地再次温暖他们，烘干他们的秘密。高悬的正午，纹丝不动，思索着自身、安适自足……完美的穹顶啊，无瑕的冠冕，我是你体内那悄然的嬗变。

只有借助我，你才能盛下你的恐惧！我的悔恨、疑惑、局限，是你伟大钻石上的瑕疵……不过，在沉重的大理石之夜，那与树根为伍的幽晦人群，已慢慢地和你结党。

他们已消融在一片厚重的虚空，红土饮下了这白色的物种，活下去的天赋传递给繁花！死者的巧嘴雌黄、独门机巧、特立独行的精神，哪里能寻？蛆虫，在曾涌出泪水的洞里穿行。

挑逗下女孩儿发出的尖叫声、明眸皓齿、润湿的睫毛、玩火的迷人酥胸、顺从的朱唇里胀满的滚烫的血，上天最后的恩赐，以及将其掩护的手指，万物回到地下，重新加入这场游戏！

而您，伟大的灵魂，渴望一个不再被谎言染色、由此刻的海浪和黄金为凡尘之眼打造的梦吗？化成烟尘之际，您会高歌吗？来吧！俱往今！我是蚀满空洞的存在本身，连神圣的焦虑也会散尽！

瘦削的黑底镀金墓碑，被不堪的花环围绕，象征着不朽，给人以安慰，像用死亡塑造一只母亲的乳房，多美丽的谎言哟，多虔诚的花招！有谁认不出来，又有谁不嫌恶，这空空的骷髅和这永恒的微笑！

埋在深处的先人，被弃居的头颅，在一铲铲土的重量下，化做尘埃，分不清我们的脚步。地鼠才是真实的，虫蛆也不容辩驳，它们不为石板下安眠的您而活，生命才是它们的粮食，一定不放过我！

爱，可能，或是余恨？它们秘密的牙齿离我这么近，以什么名义下口都合适，无所谓！它们窥视、发愿、做梦、触摸！我的肉体供它们取乐，就算躺在自己的床榻之上，我也是作为这些活物的一部分而活着。

芝诺[1]！无情的芝诺！埃利亚的哲人芝诺！你用一支羽箭，将我射穿，那支鸣响着、飞翔着的箭，凝固在空气中！鸣响中，箭给了我又夺走我生命！啊！太阳……灵魂的龟甲状暗影，阿基琉斯大步流星，纹丝不动！

不，不！……起身！投入下一个年代！打碎吧，我的身体，打碎这迷思的形态！啜饮吧，我的心

---

[1] 芝诺（前490—前425）：古希腊数学家、哲学家，提出的一系列关于运动不可分性的哲学悖论。

胸，啜饮那新生的风！海呼出一丝清凉，送回我的灵魂……噢，这带着咸味的力量！奔向海浪，让生命像泡沫飞溅！

是啊！充满谵妄的大海，裹着豹皮，身披缀满万千太阳图像的短氅，像纯种七头蛇，在寂静的喧嚣里，迷醉于它蓝色的肉体，反复咬住自己闪闪发光的尾巴。

风起兮！……总要尝试生活！浩瀚的风，翻开又阖上我的书，海浪在岩石上撞成碎沫，四下喷射。飞散吧，令人昏胀的书页！粉碎吧，海浪！与海浪一起粉碎吧，这平静的穹顶，连同那些啄食的鸽群般的帆影。

瓦雷里（Paul Valéry）（1871—1945）

+

躺在山坡上的枯草间，穿过松枝与墓碑，面对翻飞在深远的天空里的鸽群。或，刚刚从冥思中醒来，站起身，穿过松树掩映的墓园，眺望下面的海，如倒置的天穹，缀着白鸽似的帆影。

正午时分，天与海、火与水、真与幻、动与静，进入一种精微的平衡，如暗流汹涌又波澜不惊的冥思。

小憩中，一次抽象的历险刚刚结束，又一场精神的远征已经开始……

光线和水沫，被语言炼金术锻造成璀璨晶莹的钻石，形成智慧的宝藏；充满创造力的理性，直达真知的梦境，搭建精神的琼楼玉宇。这一切，在一瞬间形成，也可能于一声叹息里湮没，如此宏大、如此脆弱。你走进这精神之塔，拾阶而上，从最初的眩晕，逐渐适应，回归从容。高处不胜寒，而你征服这峰巅，成为它的主人。

一切终将消弭，生化做死，远方、来日，与灵魂一道灰飞烟灭。在天地间，变——才是不变的主题。你放下高傲、游荡的身段，把自己交给命运的牵引，尾随它，来到最后的休息之地。夏至正午照亮墓园的光线，如公正严厉之剑。光的反面，却总有阴影相伴，令你不禁又陷入思辨。

对人生所能创造的伟业的渴望、对最终落入的结局的困惑——"等待"，带来了灵魂的全部"苦涩、幽暗、低鸣"，在"未来的空洞"里回响。海滨墓园里，树影环抱，一片澄明，一瞬间将你俘获，像一颗火花，照亮生之绝望里的黑暗，在你眼前展开终极的图景。

多么宁静！多么安逸！如海入睡，如羊群不受任何威胁或诱惑。光明、干燥、温暖，万物消解、回归原初的物质，融和、流动，安适、自足……完美无瑕，如一顶王冠！

此刻，只有你还停不下来，你如钻石上的瑕疵，代表、包含、表达着与"生"俱来生的"恐惧……悔恨、疑惑、局限"。不过，陷入"大理石之夜"般沉沉迷思里的你，已渐渐与幽冥之地的死者，打成一片，莫辩彼此。

看看他们吧——溶解在虚无里，丢了生活的本事，语言、机智与自主的精神也被一同抛下，还有青春的肉体的美、羞怯与热望，都被回收，交付给蛆虫——大地的搬运工。在死面前，连"神圣的焦虑"都消散了，搭建纯粹的精神大厦，还有什么意义？

墓园，是"永垂不朽"这个拙劣谎言的美丽外表。死者化作尘埃，不会认得前来悼念的后人。地鼠与蛆虫，才是地下的主宰。当爱或余恨，将你变做行尸走肉，你生不如死的"生命"，是喂养它们的粮食。

哲学、思辨、精神探索，如一支悬置时间中的飞矢——飞矢不动！你生于斯、死于斯，如神话中伟岸的英雄，大步向前——寸步难行！站起来吧，"投入下一个时代"，生命在过多的迷思中只有死路一条，要从"思"的迷宫和魔咒里出逃。

"风起兮！……总要尝试生活！"

瓦雷里
瞬间

　　1871：出生在地中海边小镇赛特。家中信奉天主教，母亲来自热那亚，父亲来自科西嘉。又一个"波拿巴"诞生，将在精神与诗歌的疆域，展开一生的征战，直到无数荣耀加身，影响跨越多个年代。

　　1889：开始写诗。沐浴在象征主义的余辉中，与纪德交游，结成终生挚友。成为马拉美的弟子，用精纯至美的诗艺，为导师所追求的"理想"，雕刻出形状、填充进实在的意义。

　　1892：热那亚风暴之夜，经历一场"存在"危机。抛下所有文学的偶像、爱、模糊性，投入"精神生活"，开始在数学、哲学、自然科学、音乐各个领域的探索。感到唯有经过黎明前的求索，才"有权利像野兽一样，度过一日余下的时光"。因韵文缺少散文的精确性，决定停止诗歌写作。

1900：与马奈家族联姻。跨过世纪末，继续远离诗歌，在精神领域求索，在练习册上记录心得。

1912：受纪德鼓舞，重拾诗歌写作。在"美好时代"，构筑诗歌的琼楼、精神的象牙之塔。五年后出版长诗《年轻的命运女神》，以可匹配马拉美的形式之美，谱写内心的颂歌，歌唱灵与肉的斗争。

1920：《海滨墓园》。大战，过多死亡，阴影沉重，文明熹微，感叹"我们余下的人，文明啊，我们终于知道谁都不能永生。"固守"纯诗"的尊严与权力，自愿服从格律限制，追求充沛的音乐性。在对"知"的渴望中，强调"呈现"与行动的重要。"……我们一直寻找（对世界的）各种解释，而人们力所能及的，只有尝试着发明对其的'呈现'……我的手，在触摸中，感到被触摸；现实如此表露，仅此而已……事物，是做出来的，不是等着被发现的；不是等待发现的宝藏，而是待双手构建，才能得以形成。"

1925：入选法兰西学院。声誉达到顶点，与庞加莱、德布罗意、柏格森、爱因斯坦交游。在法兰西学院，对法郎士的颂词中，因为其曾阻止马拉美诗歌的出版，通篇未提这位前任的大名。

1945：海滨墓园。二战中，曾以公开身份发表

《犹太人柏格森》,维护其尊严与权力,不惜为此丢掉法兰西学院书记一职。去世,国葬,回到家乡赛特的海滨墓园。"穿过耸动的松枝与石墓,看见静谧的穹顶上,群鸽漫步……思辨之后的报偿,是长久注视神祇的宁静!"

赛特
墓园

从蒙彼利埃乘十五分钟普罗旺斯本地火车,就到了赛特镇(Sète)。向车站问询处员工打听海滨墓园(le cimetière marin)在哪个方向,年轻的那位一脸茫然,中年的那位微笑着手持地图转出门来,仔细地向我描述了路线,并关切地问:您平时徒步锻炼吗?走到那里至少要五十分钟到一个钟头呢!

心怀感激、手攥地图,我出站顶着干燥硬朗的海风,穿过车站正对面的桥。下桥展看地图,发现没按指定路线。不过路标指向市中心与游客中心,况且前面还有路能转弯,于是心放踏实、继续向前。

顺雨果大街、过莫里哀剧院,在市中心又连过两桥,心里念叨该拐弯、翻山、上岛那一侧了,两脚却不停地带我继续直行。一抬头,已是市府广场,再问路,当地人手一指:就在前面不远,瓦雷里博物馆与海滨墓园。

再看地图，果然就在眼前，我这才意识到车站好心的兄弟指错了方向，如果我按他指的路，要绕过大半个岛，走到山那侧的另一个墓园。不过这地中海小镇，似有一股神秘的光芒，带我鬼使神差、一步不差地抵达了目的地。

据说地中海曾是寒冷的荒漠，后来西侧决堤，大西洋翻过直布罗陀，花了一百年以苦水注满。从赛特镇半山眺望，地中海波澜不惊，泛着宝石的光泽。相比之下，岛上的岩石与石屋更加柔软，被风吹拂，与启发了印象派的线条色块交错。

博物馆掩映在半山腰的树影间，下面的墓园看去如能直抵海岸。二楼的诗人展厅向海的一侧，嵌着一扇长度贯穿整堵墙、高度如三块石砖叠加的玻璃窗，似一位老人眯起的细长眼睛，以一分一秒的精度剪裁阳光、海与墓园的印象。展厅另一侧，放映室内反复播放《海滨墓园》的录音，闭眼倾听，替代了时间款款上岸与离岸的节拍。

此刻在赛特镇，岛上尘世斑斓、温暖、柔软，与海的坚硬、单纯、苦涩相对称，中间是瓦雷里歌唱过的墓园。

顾城的

《墓床》

我知道永逝降临,并不悲伤
松林中安放着我的愿望
下边有海,远看像水池
一点点跟我的是下午的阳光
人时已尽,人世很长
我在中间应当休息
走过的人说树枝低了
走过的人说树枝在长

从绒布寺看
珠峰

  在他们面前,地球上最壮观的山景之一豁然展开。绒布山谷向着珠峰,笔直挺进二十英里,海拔则只爬升了四千英尺。从不必太高的地方看去,峡谷显得平展如席,上面卧着巨大的冰盖,似已从垂直的山体——冰川流出的地方——折断、脱离。两侧山峰,将目光收拢,不得不直视山谷尽头:在那里,珠峰北坡直上一万英尺,透明、峻峭、绝对的尺度,令所有透视感顷刻间塌陷,在距离与深度的幻觉中,似乎那巅峰,在一瞬间就能——或永远不能——抵达。

  ——摘自《走进寂静:伟大战争、马洛里与征服珠峰》(韦德·戴维斯)第七章

宫崎骏之
《起风了》[1]

《起风了》（风立ちぬ），讲述日本零式战斗机开发者堀越二郎年轻时代的故事。电影里没有宫崎骏式的魔法或怪物，堀越二郎是历史上实际存在过的人物。

电影名字与其中的爱情线索，来自昭和初期作家堀辰雄的同名小说。堀辰雄一生受疾病折磨，其笔下人物，或生活在极度不幸中，或在死亡阴影笼罩下，其作品传达看似柔弱的生命所蕴涵的无与伦比的韧性。《起风了》来自瓦雷里《海滨墓园》最后一节首句，"纵有疾风起，人生不言弃"。

---

[1] 本文主要引自百度百科。

故事

　　从大正到昭和初年这段时光（二十世纪二十到三十年代），日本动荡不安，贫困与疾病，加上不景气的经济和破坏力巨大的关东大地震，让生活在这座岛屿上的人民惶惶不可终日。随着战争脚步临近，未来愈加变得扑朔迷离，捉摸不定。

　　自幼对飞机抱有浓厚兴趣的堀越二郎，与他所景仰的意大利飞机设计师卡普罗尼建立了穿越时空的友情，并从对方汲取勇气和灵感。他发誓设计并制造出优美的飞机，长大后如愿考入东京帝国大学。此后，他远赴德国留学，凭借自身掌握的航空技术，成为一名战斗机设计师。在一次试飞中，他的飞机意外坠毁，颇受打击的二郎去位于长野县的轻井泽疗养，在那里结识了一生最爱。

　　她叫菜穗子，在关东大地震那日曾与二郎有过一面之缘。两人一见钟情，约定相守终生。然而菜穗子罹患了在当时被视作绝症的肺结核，前方道路一片黑暗。二郎无法放弃制造优美飞机的梦想，再度投身零式战斗机的设计工作。自知去日无多的菜穗子偷偷溜出疗养院，奔向她的爱人二郎。动荡的年代，有限的生命，青年男女风中残烛般的飘摇爱情。

现实：堀越二郎

1903年出生于日本群马县，1927年毕业于东京帝国大学，于1929至1930年在德国容克斯公司、美国寇蒂公司深造。

日本战败后，新宪法规定不能设立军队，自卫队预算不能突破国民生产总值的1‰，空中自卫队主要装备美式飞机及其仿制品，堀越没能像世界上其他飞机设计家那样，在喷气飞机时代继续施展才干，承担了一系列公司、学会与大学的职务，于1982年去世。

现实：零式飞机

简称零战，编号A6M，是第二次世界大战时期日本海军航空队最主要战斗机种，从入侵中国一直服役到二次世界大战结束，整个太平洋战区都可以见到它的踪影，同时也是日本海军产量最大的战机。此机由三菱设计，三菱与中岛飞行机株式会社两家公司共同生产，总计曾生产10,449架。

跋
现代性

现代性，是一个迷人而危险的字眼。当你提起它时，你能否把握它？无论如何，要做现代性的主人，不做现代性的奴隶。

兰波说：必须绝对摩登。

摩登，现代，当下，此时此地，以及其中包含的过去和未来，内部与外部的边界。一切稍纵即逝。

现代性是一个信念，对今世、此刻、存在、行动的信赖与依靠。现代主义，是今世主义、人道主义，向前和行动的哲学。

对于一双寻找完整叙事的眼睛来说，天地之间的荒芜，早晚会带来一场荒谬感的浩劫。明天的太阳，是教士手中形形色色的圣体架，引盲目的人们前行。灯下黑，黑暗里加入了欺诈、剥削与迫害。

未来，在到来之前，都是假设，必须屈尊于当下的思量。未来的收获，与今日的付出，都要折现到此刻。贴现率，是一切行动的理论，所有理论必须充分模拟、游戏、竞争。游戏取消战争。

过去，只有一滴眼泪般轻巧。在过去的重压下苟延残喘的人，是被苍蝇覆盖的腐肉。只有把负罪感变做面对未来时的智慧与勇气，你才配得上自己的失败。

相信今天，今天就能带来报偿。今天，你应得的包括：温饱、尊严、冒险以及为之负责的权利。

时间中的实情，残酷而朴素。只有握住此刻，过去才延续，才能在未来中为自己接生。

从肉体开始，从梦开始，从存在开始。存在先于本质，存在是自由之基，本质是自由之路，路上的痕迹，早晚会被变迁的风雨消弭。世界在一朵花里摇曳，上帝是止痛贴上的层层投影。

因为生命荒谬，你与我必须自由，自由而平等。我们相对于彼此的价值，锁在此时此地，靠我们的双手解开。在共同的航程中，我们因时因地制宜，达成承诺与默契。一句诺言，贵比黄金；放下时，配得上温暖的握手和轻声的叹息。

瓦雷里说：风起兮，必须尝试生活。

生活即行动。当你停步，像一支被空气囚禁的箭，变做时间的奴隶。人世注定荒凉，前路即黑暗，行动是劈开黑暗、得以向前的灯与路。意义在于对意义的寻找,意义展开并延续你的生命,行动为生命定义。

诗歌索引

雨果 / Victor Hugo（1802—1885）	
在维勒格耶小镇 / A Villequier	怀疑上帝，015 页
缪塞 / Alfred de Musset（1810—1857）	
迷失的一夜 / Une Soireé perdue	世纪病，123 页
波德莱尔 / Charles Baudelaire（1821—1867）	
旅行 / Le Voyage	远方是稍纵即逝的幻像，131 页
马拉美 / Stephane Mallarme（1842—1898）	
海风 / Brise marine	远方是稍纵即逝的幻像，138 页
魏尔伦 / Paul Verlaine（1844—1896）	
夕阳儿度 / Soleils couchants	属于多重时刻与多重印象的世界，245 页
洛特雷阿蒙 / Comte de Lautréamont（1846—1870）	
马拉多霍之歌 / Chants de Maldoror	我体内的猛兽，103 页
努沃 / Germain Nouveau（1851—1920）	
乞丐 / Mendiants	活在命运另一个版本中的人，203 页
兰波 / Arthur Rimbaud（1854—1891）	
致音乐 / A la Musique	逃离故乡小镇，157 页
城市 / Ville	来到现代之都，162 页
地狱之夜 / Nuit de L'Enfer	捣毁上帝（1），023 页
永诀 / Adieu	捣毁上帝（2），029 页
魏尔哈伦 / Emile Verhaeren（1855—1916）	
磨坊 / Le Moulin	与工业化主旋律对位的乡村挽歌，209 页
疯人歌 / Chanson de fou	与工业化主旋律对位的乡村挽歌，210 页
工厂 / Les Usines	穿过作为炼狱与熔炉的工厂带，170 页
拉弗格 / Jules Laforgue（1860—1887）	
悲歌：小康社区的琴音 / Complainte des Pianos qu'on entend dans les quartiers aisés	游荡在春夜的小康阶层社区，165 页
悲歌：关于某些错位的时间 / Complainte sur certains Temps déplacés	征服越容易越难守持内心的渴望，143 页
这样到来的冬天 / L'Hiver qui vient	加入季节转换的和鸣，231 页
雅默 / Francis Jammes（1868—1938）	
苦痛五奥义 / Les cinq Mystères douloureux	受难作为一种慰藉，034 页
	乡魂在大地上继续生长的低音，214 页
克洛岱尔 / Paul Claudel（1868—1955）	
叙事歌 / Ballade	生活即修行，039 页

	远岸是旅程中每一个寒冷而苦涩的时刻，147页
瓦雷里 / Paul Valéry（1871—1945）	
海滨墓园 / Le Cimetière marin	风起兮　总要尝试生活，316页
福尔 / Paul Fort（1872—1960）	
蓝蛙 / La Grenouille bleue	对自然的破坏力越来越失控，221页
松鼠 / L'Ecureuil	对自然的破坏力越来越失控，223页
法尔格 / Leon-Paul Fargue（1876—1947）	
街边挤满 / Sur le trottoir tout gras ...	在下等街区的幽暗里，175页
一排照明灯亮起 / La rampe s'allume ...	逃离记忆的陷阱，248页
车站 / La Gare	在现代都市的圣殿—火车站，178页
跋 / Postface	逃离憧憬的陷阱，251页
雅各布 / Max Jacob（1876—1944）	
战争 / La Guerre	预警战争之梦，275页
在静静的林中 / Dans la forêt silencieuse	在信仰失速的时代里　焦虑，044页
魔鬼骗回猎物的把戏 / Ruses du Démon pour ravoir sa proie	在信仰失速的时代里　梦魇，046页
八月，一九三九 / Août 39	预警沦陷与灭亡之梦，277页
上帝显身 / Présence de Dieu	在信仰失速的时代里　皈依，049页
阿波利奈尔 / Guillaume Apollinaire（1880—1918）	
城中村 / Zone	在作为新宗教的现代化里失贞、成长、流放、追寻，052页
	穿越世纪之交的光明和幽暗，186页
苏佩维埃拉 / Jules Supervielle（1884—1960）	
蒙得维的亚 / Montévidéo	潜意识暗海上生起的乡愁，258页
远海 / Haute mer	寻找潜意识暗海上的"尾波"，260页
在没有时间的树林里 / Dans la forêt sans heures	自然是盛满生命记忆和智慧的容器，227页
	记忆像一个在垂死中颤抖的空洞，262页
鱼群 / Les Poissons	浮出潜意识暗海的记忆符号，264页
上帝的忧伤 / Tritesse de Dieu	离开上帝，063页
我体内的夜 / Nuit en moi ...	以梦为舟　探索未知，280页
天空 / Plein Ciel	以梦为马　自由与迷失，282页
一九四零 / 1940	个人之国与人人之国，309页
桑德拉尔 / Blaise Cendrars（1887—1961）	
反差 / Contrastes	抒情抽象主义城市，189页
建构 / Construction	从立体呈现到抽象真实，253页

勒韦迪 / Pierre Reverdy（1889—1960）	
中央供暖 / Chauffage central	立体主义城市，193 页
戏 / Drame	从拆解并置到光影流动，256 页
艾吕雅 / Paul Eluard（1895—1952）	
一望无际（顺我身体的指针）/ A perte de vue dans le sens de mon corps	爱　我体内的指针，289 页
查拉 / Tristan Tzara（1896—1963）	
纪尧姆·阿波利奈尔之死 / La Mort de Guillaume Apollinaire	死亡与艺术，237 页
布勒东 / André Breton（1896—1966）	
向日葵 / Tournesol	超现实主义城市，196 页
	梦是一次催生奇遇的行走，284 页
醒觉 / Vigilance	直接触摸事物的心脏，286 页
苏波 / Phillippe Soupault（1897—1990）	
礼拜日 / Dimanche	城市长成而不再无邪，199 页
配上音乐说 / Say it with Music	人的境遇，067 页
跌跌撞撞 / Stumbling	人一旦出发即没有归路，149 页
米肖 / Henri Michaux（1899—1984）	
我好这一口 / Mes Occupations	假"驱魔"之名，111 页
嚎叫 / Crier	嚎叫是一种治愈方式，114 页
带上我 / Emportez-moi	带上我　视死如归的旅程，153 页
高大的提琴 / Le grand Violon	变形记，069 页
龙 / Dragon	解放记，071 页
死后 / Après ma Mort	重生记，073 页
梅朵赞人肖像 / Portraits des Meidosems	演化记，076 页
德斯诺 / Robert Desnos（1900—1945）	
我总梦见你 / J'ai tant rêvé de toi	吞噬现实之梦，291 页
随机的命运 / Destinée arbitraire	照亮现实之梦，294 页
半程点 / Mi-route	梦展开包裹在人生"中点"里的浮世绘，266 页
斑马 / Le Zèbre	在现实身上留痕之梦，297 页
风景 / Le Paysage	连接你与现实之梦，299 页
弗雷诺 / André Frénaud（1907—1993）	
诞生 / Naissance	为自己接生，082 页
待沽的房屋 / Maison à vendre	存在是一座"待沽的房屋"，269 页
圣王 / Les Rois Mages	解构救赎的允诺，084 页

真实的存在 / Présence réelle	把存在的意义攥在手中,088 页
伤口干涸 / Assèchement de la plaie	伤亡是自然流转的一部分,240 页
夏尔 / René Char(1907—1988)	
阿勒蒂娜 / Artine	诗是梦的结晶,301 页
迁移 / Migration	绝对静止是幻觉或死亡,271 页
共享的存在(2)/ Commune Présence II	生活先于经验与意义,090 页
最初的时刻 / Les premiers instants	回到生命的源头,092 页
致 / A ...	爱,094 页
与世无争的人 / L'inoffensif	在太阳崇拜的阴影里,096 页
玫瑰的额头 / Front de la rose	大地上那些精微的秘密,098 页

图书在版编目(CIP)数据

从雨果到夏尔 / 姜山著. —上海：文汇出版社，2016.1
ISBN 978-7-5496-1321-2

Ⅰ.①从… Ⅱ.①姜… Ⅲ.①诗集—法国—近代
Ⅳ.①I565.24

中国版本图书馆CIP数据核字（2015）第271676号

从雨果到夏尔
——法语诗里的现代性

作　　者 / 姜　山
责任编辑 / 金　蕴
装帧设计 / 比目鱼
出版发行 / 文汇出版社
　　　　　上海市威海路755号
　　　　　（邮政编码200041）
印刷装订 / 江苏启东市人民印刷有限公司
版　　次 / 2016年1月第1版
印　　次 / 2016年1月第1次印刷
开　　本 / 787×1092　1/16
印　　张 / 22
字　　数 / 200千

ISBN 978-7-5496-1321-2
定　　价 / 39.00元